フランス文化万華鏡

松原秀一 著

Art Days

フランス・仕事

1998年10月9日　フランス、ポワチエ大学で博士号を授与される。前列右から二人目のガウン姿。

パリ古書店街を歩く。左は荻野安奈。

フェリックス・ルコワ教授と共に（於イギリス、リッチモンド城址）。

2004年3月29日　銀閣寺にて。日仏中世学者5名。左から松原、ミシェル・ザンク、鈴木覚、福本直之、原野昇。

ザンク氏の講演の司会をする。広島大学にて。

1995年8月　パリ、オデオン座付近のカフェで。

1997年夏　南仏ポン・デュ・ガール。

1995年　デュッセルドルフでの第11回国際動物叙事詩学会の後のライン川下り船上にて。同学会創設者のKenneth VARTYご夫妻と。

1996年7月　国際動物叙事詩学会東京大会（於慶應義塾大学）。ビアンチョット会長（ポワティエ大学教授）の司会で研究発表中の松原。

1996年7月　国際動物叙事詩学会東京大会（於慶應義塾大学）の初日、実行委員達と共に。

1997年7月30日　南仏オランジュ近郊、ファーブル美術館の館長と。

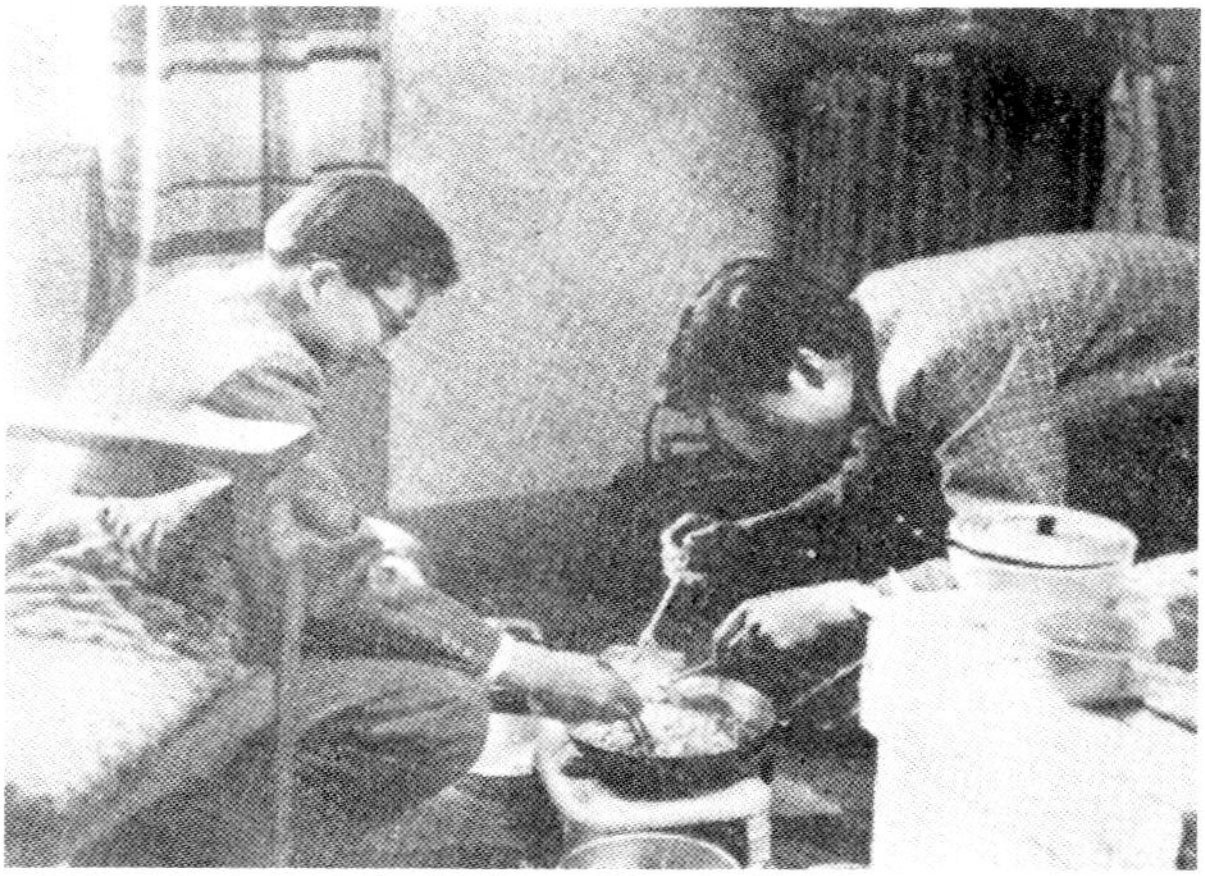

パリのアパートでの自炊風景（1958年）。左が松原。

1961年　留学からの帰国直後、慶應義塾大学文学部フランス文学専攻２年生（松原教授の第1期生）と、当時の教授スタッフと共に。前列右4人目から松原、白井浩司、佐藤朔、若林真、高畠正明。

交遊

1990年5月20日　箱根の松原別邸にて。右は小池晃夫人、左は岡谷公二夫人

1993年5月　東京パレスホテルで開催された退職記念パーティでの演奏風景。シューマンのピアノ4重奏曲を弾く。

1994年12月　スウェーデン教会のクリスマス。中央はルコワ夫人。右は後平澪子。

1995年10月　パリの日本料理屋伊勢で。左から松原、桑原雄三、倉沢康一郎、桜木泰行。

2002年8月　慶應義塾ワグネル・ソサイエティー合唱団OGのパリでの演奏会で、ピアノ伴奏者の譜めくりをする。鞄を肩にかけたままで3時間半勤めたという。

2002年5月　ピエール＝イヴ・バデル（パリ大学教授）夫妻の自宅で。福本直之氏と。前年のご夫妻来日に際しては松原自ら京都を案内した。

2003年7月　前川嘉男と自由が丘の蕎麦屋福松で。

2009年3月　岡谷公二出版記念会で。この会はたびたび開かれた。正面左から岡谷公二、一人おいて松原、山内了一。慶應義塾幼稚舎の友人ご夫妻たちと。

2008年3月　大濱甫名誉教授を囲む会。渋谷エクセルホテル25階の「旬彩」にて。後列左から高山鉄男、大濱甫、鷲見洋一、山内了一、前列前川嘉男、松原。

2010年2月　箱根での浴衣姿。幼稚舎以来の友人小池晃と。

2010年10月　箱根の折口信夫別邸。右の岡谷公二も幼稚舎以来の友人。

2014年1月　世田谷区の中華料理屋で。おそらく生前最後の同窓会写真。左から宮島正洋、山口昌子、松原、後平澪子。

ファミリー

1933年　フランス、パリで帰国前の記念写真。2～3歳頃。

1932年　フランス・ドーヴィルの海岸で両親と。2歳半頃。

1934年　フランスから帰国し、フランス語を喋っていた秀一。妹治子と。

1935年　秀一5歳、妹治子3歳。鎌倉で。軍国主義の真っ盛りで、男の子の挨拶は兵隊さんの挙手の礼。

1938年　秀一9歳。麹町平河町で両親、妹と。

1942年　秀一、慶應義塾普通部に進学。

1944年　銀座通り。父、治子、秀一、祖父。戦争の影薄く、どこかのんびりしていた。

1967年　長男寛道はカンドー神父にあやかってつけた名前。次男淳道。妻文子。

1974年　長女まどかの慶應義塾幼稚舎入学を記念して。秀一の家族と両親。

フランス文化万華鏡　目次

フランス文化万華鏡

シャンピオン書店の移転

短い復活祭休暇を利用して北鎌倉での井筒ライブラリーの委員会に出るべく用事を片付けている間に机の上に郵便物が溜まる。月はなにシャンピオン書店から届いた封筒をどうせ新刊案内だろうと思って開くと、意外なことに転居通知であった。しかも開封した時には既にマラケ河岸の店は閉まっている。かつてデュランがマドレエヌ広場から消えた時もショックだったが、ピエール・シャンピオンの名著『住み慣れし我が界隈』*Mon vieux Quartier* でパリに来る前から親しんだ河岸のシャンピオンが河岸からリュクサンブール公園脇に移るとは予想もしなかった。

丁度木曜でアズノール先生のセミネールの日だったので一寸早く出て Rue Corneille の移転先に寄ってみた。新しく真っ白に塗られた店は瀟洒で既に店名も出ていたがドアは閉ざされて入れない。覗くと段ボール箱が山と積んであって奥行きも広そうな店であった。店はオデオン座に面している。かつてはこの回廊はフラマリオン書店が古本と楽譜を並べていたところで、ジードなどの小説にも出て来る。日本人に親切だったセギ老人の書店や、ジョゼ・コルティ書店、科学史のブランシャール書店、歴史、考古学のボカール書店などもあり、ここにシャンピオンが出て来るのは必ずしも悪くはないが、何といっても長年親しんだマラケ河岸のシャンピオンであった。

学士院の隣といってよく、濃緑に白い字でシャンピオンと書いた店に道から数段下がって入って行く気分は特別のものだった。年金生活の身ではスラトキン、ドロス書店の本は値が張っていてそうは寄れない。フランス中世研究の本がずらりと並んでいて、入ると無理をして買いたくなるのでボナパルト通りから河岸を左折する三十九番のバスから右にちらりと見える緑の店を一瞥して、また今度にしようということになる。国立図書館の帰りには三十九番は、一つ西のサン・ペール通りに入るのでシャンピオン書店は行きより良く眺められるが既に閉まっている時間になっている。兎に角、姿の残っている内に眺めて置かなくてはと翌日はわざわざ出掛けた。一階の回廊となっていたところにソルドの本が並んでいてジャン・アンリ・ファーブルの『発明家と発明』のリプリント版を五〇フランで買ったが、去年岩波書店から前半を『発明家の仕事』の題で刊行した折、リプリント版は挿絵の銅版が潰れていて、戦前の初版を手に入れるのに苦労した。

ラングゾ（東洋語学校）に二年教えに行って日本に戻る時にシッペルレ・ルーミス記念論文集を探しに行って、絶版、売切れというのを粘って老番頭から「最後の一冊」というのを譲って貰ったこともあった。コレージュ・ド・フランス教授のルコワ先生の最後の仕事となったＣＦＭＡの『狐物語』第一〇巻を十冊頼まれて先生没後に夫人に届けたこともあった。この校正はデュフールネ氏が名も出さず献身的に奉仕されたのだった。

シャンピオン書店は中世フランス語のみでなく、近代文学の出版でも知られている。この店と日本とを結び付けたのは鈴木信太郎氏で、その由縁については日米戦争の始まる一月前の昭和十六年十一月に創元社から氏の出された『ヴィヨン雑考』巻末の「ヴィヨン結縁」に詳しいが、昭和元年にパリに着かれた鈴木さんはマラケ河岸のシャンピオン書店に入ってめぼしい高価な専門書を沢山、当然の様な顔をして買い込んで、番頭のニコルを驚倒させた。数日後また書店に行くと、ニコルの通報で主人エドゥアルが会いに出て来て、以来「仲の好い友達」になって数年後に渡辺一夫、小林正などに交友が続いて行くことになったという。

第一次大戦が一九一八年に終ると、日本の旧制高校がドイツ語教育を軸としてドイツ文化の影響が強まって行くのを見て、幕末以来のフランス嗜好が衰えるのを憂えたフランスは先ず第一次大戦の勇将ジョッフル元帥を訪日させ、大正八年にはリヨン大学総長ジュウパン教授、東洋学者モリス・クーラン教授など優れた学者、文化人を送って来た。クーランは韓国語にも良く通じた東洋学者であった。これらの使節の報告に基づいて、詩人大使ポール・クローデルは幕末にフランスに滞在した経験のある親仏家、澁澤栄一子爵の援助を得て一九二四年（大正十四年）に財団法人日仏会館を東京に開き、フランス人研究者を常駐させたが、フランス側は初代のフランス学長にはインド学の泰斗シルヴァン・レヴィを任命した。これは戦後に世界的インド学者ルイ・ルヌー氏を同館館長に任命したことと並んでフランスが日仏会館を重視していたことを証するものだろう。クローデルはまた貴族院議員、稲畑勝太郎と協力して一九二七年（昭和三年）には京都日仏学館も開いている。日仏会館日仏学館も一九一三年に東京神田にジョゼフ・コットが開いたアテネ・フランセと並んでフランス語のみならずギリシャ語、ラテン語も教え多くの日本人をフランスの文化に開眼させている。当時フランス語を取ることが出来た学校は旧制第一高校（東京）、第三高校（京都）、静岡高校、浦和高校など少数で、後は陸軍幼年学校、士官学校、司法省司法学校と法政大、外語大、早大、慶應大など少数であったから多くの学生がアテネ・フランセでフランス語を学んだのであった。但し旧制高校、大学予科などは外国語教育に多くの時間を注ぎ、三年間であったから学習した人の読解能力は高く、国立高校にはフランス人講師が居たから専門課程に進むころには読解も会話能力も低いものではなかった。鈴木氏がフランスに向かわれた一九二五年は奇しくも白水社から月刊雑誌『ラ・スムーズ』が創刊された年で、この雑誌は『ふらんす』と改名され去年八十周年を迎えた。同じ年に早稲田大学の佐藤輝夫氏もフランス留学されオデオン座の前のフラマリオン書店で、当時既に入手の難しかったピエール・シャンピオンの『フランソア・ヴィヨンとその時代』の初版二冊本を見付けられ、戦時中に筑摩書房から『フランソア・ヴィヨン　生涯とその時代』として邦訳されたが上巻のみの出版となり、一九七一年に完訳された。お二人とも「フランス古仏語叢書会」Société des Anciens Textes Français (S.A.T.F) の会員になられた。鈴木氏は 終身会員Membre perpétuelである。一九三六年まで出て居た *Bulletin de la Société des anciens textes français* では佐藤輝夫氏は Terno Sato と綴られ、住所は五区の rue Linné となっている。お二人とも二十代の青年で戦前のパリに逍遥されヴィヨンを想った訳である。お二人の間には Takaiya Ryoji という方もＳＡＴＦ会員になられているが大阪天王寺の高谷竜二という方のようである。佐藤氏はボルドーに赴かれローモニエの講義など一年聴かれた様である。

鈴木氏は学生時代にエミル・エック Emile Heck 先生のフランス文学史の授業でヴィヨンの存在を教えられ、後に日本人で初めて帝国大学文学部フランス文学教授になられる辰野隆氏が同人誌『玖瑰珠《ろざりよ》』に摘訳したピエール・シャンピオンの名著『フランソア・ヴィヨンとその時代』中のフィリップ・セルモアズ傷害致死事件の項を読んで、この詩人の研究にいざなわれた。『ラ・スムーズ』にヴィヨンのカトランと『ヴィヨン墓碑銘』の邦訳を残してフランスに向かった鈴木氏は書店主のエドゥアルに「象徴派の本を集めたり、芝居を見たりする外に、なにか研究はしないのか?」と訊かれて、即座に「マラルメ、ヴァレリイの研究の外には、ヴィロンを読みたいので、今先生を探してゐるのだ」と答えた。「ヴィロン?……ヴィヨンと言ひ給へ、ヴィヨンと。いいとも。ソルボンヌの大学院の Directeur d'édtudes で、高等師範も教へてゐるマリオ・ロック Mario Roques を紹介してあげよう」ということになって以後長く続くマリオ・ロックと日本人の縁が結ばれたのであった。

エドゥアル・シャンピオンの手紙を同封してマリオ・ロックに手紙を出すと、「直きに秘書にタイプライターで打たせて署名だけをした返事が来た。この女秘書は当時古文書協会の会計を担当してゐた中世学者で、間もなくドロズ書房を創設したユウジェニイ・ドロズ嬢 Mademoiselie Eugênie Droz である。マリオ・ロックの返事は型破りで、朝の九時に会ひに来いといふのである。」「巴里の朝の九時は、東京の朝の七時よりも早朝の感である。その頃は芝居の始まるのが夜の八時半か九時、はねるのが十一時半か十二時で、一杯飲んで帰ると、寝るのは夜中の二時過ぎになる。従つて朝は遅くなる。商店や銀行の開くのだつて十時だらう。セエヌ河のトウルネル河岸に近いマリオ・ロックの家までタクシイを飛ばして行く間、両側の店は勿論閉まつてゐて、街は明るいが人通りは殆ど無い。非常に大きな撒水自動車が往来の半分位まで水を撒いて、箒で掃きながら、馳《はし》つて行つた。これだから街路が清潔になるのだと、この時始めて感心した次第だ」

パリは北海道より遙かに北なので秋分を過ぎると朝がどんどん遅くなり、十一月に新学期が始まると、朝九時からの授業には街灯に煌々と照らされた夜道を歩く感じになる。十月にパリに着くことになる外人留学生には憂欝な秋と冬なのだ。特に秋晴れの日本を知っている我々はボオドレエルの暗い、雨勝ちのパリ、ヴェルレーヌのパリを肌で知ることになる。

パリの住人は意外と早起きでパン屋やカフェも早朝から開いているが、年間に二百回以上も芝居に通われたという鈴木氏には、珍しい光景だったのだろう。レオン・ワグネール先生は学生時代ソシュールの授業を聞かれたサル・ミシュレに執着が有り毎週月曜の九時からこの教室で授業をされたが、パリの小学校は八時半始まりで、親が必ず子供を送って行くので小学校の界隈では道が混雑していたのを思い出す。

マリオ・ロックは部屋着で現れた。「種々とフランス中世の詩に関して質問された。まるで口述試問のやうで冷汗をかいた。マリオ・ロックは普通のフランス人並みだから、さう大きくない。日本人並みである。眼が一寸外斜視のやうな感がするが、甚だ鋭い。受ける印象は、上田萬年先生そつくりで、何だかぶつきら棒で恐いにも拘らず、一抹の親切気がほの見える。結局かう言つてくれた。――『ソルボンヌの大学院（オオト・ゼチュウド）で私は中世の文学語学を講義してゐるが、これは極く初歩で、君の勉強にはならない。高等師範学校（エコル・ノルマル・シュペリユール）で私の講義してゐる方が程度は高い。然しこれは公開でない。君が聴講したければ特に聴かせてあげてもよいが、君はヴィヨン研究が目的だから、斯道の専門家について、個人的に充分な指導を受けるのが最善と思ふ。現在優れたヴィヨン学者は数人居るが、個人教授をしてくれる人はさう居ない。私の親友リュシアン・フウレエ Lucien Foulet は中世語学者として、特にヴィヨン学者として、一流中の一流だが、若し君が承知なら、頼んであげやうか？」こんなうまい手蔓は、又とないから、萬事宜敷くと頼み込んだのである」（『ヴィヨン雑考』）

一八九二年にリヨンのアンペール高校からエコル・ノルマル・シュペリユール受験の準備コースに入りにパリのアンリ・カトル高校に出て来たフーレはマリオ・ロックと同じクラスになり、親友となって共にユルム街の高等師範学校に入った。当時アンリ・カトル高校ではベルクソンが教えていたし、優れたギリシャ学者ポワヤール Proyard、ラテン学者エデ Edet、歴史家ドンブル Dhombres といった優れた教師を擁していた。高等師範学校ではペディエとフェルディナン・ブリュノが教えていた。『狐物語』研究の基礎文献になっている五百ページ以上の大冊を提出してエコル・プラティック・デ・ゾート・ゼテュードの エレーヴ・ディプロメの称号を得たフーレはペンシルヴァニアのブリン・モール・カレッジで一九〇〇年から一九〇八年まで教鞭を取り、一九〇九年からはカリフォルニアのバークレイ大で教授を勤めた。夫人はアメリカ人である。第一次大戦に動員された後、アレジアの家に隠棲してから専らアメリカ人留学生へのフランス語の個人教授で生活していたのには健康上の理由があったらしい。アカデミーの辞書の仕事をしたりもしていたそうである。

中世フランス語を教えたのは鈴木氏が初めてだそうだが、後には渡辺一夫氏の紹介で桑原武夫氏がヴィヨンを習っている。生島遼一氏は『パルムの僧院』を習ったそうである。中世フランス語の授業については鈴木信太郎氏が *Cahiers d'Études Médiévales* 第二号に寄せられた「フウレー先生の想い出(一)」にマリオ・ロック、フーレからのフランス語私信や受講ノートまで含めて書かれており極めて貴重である。

エコル・デ・シャルトを出ることもなく、殆ど正規の教育を受けずにアルシヴィストの称号を得、コレージュ・ド・フランスの教授となりフランス地名研究の基礎を築いたオギュスト・ロンニョンが一八九二年にルメール社から刊行したヴィヨン詩集はヴィヨンの初めての校訂版といえるもので、その後のあらゆる版の出発点となったものだが、ロンニョンの没した一九一一年に彼の名を出さず François Villon, *Œuvres*, éditées par un ancien archiviste

としてＣＦＭＡ叢書の第二冊目として刊行された。叢書の第一冊はガストン・パリス校訂の『サン・タレクシ伝』であった。一九一三年に出たヴィヨンの第二版からはロンニョン／フーレ校訂と、明記され、これ以来ヴィヨンの標準的な版となって今日に至っている。鈴木氏は『ヴィヨン雑考』の巻頭にこのフーレの版の序論の訳を載せ、本自体もフーレ氏に献じられている。

ここで特記すべきは昭和十七年（一九四二年）に創元社がジョゼフ・ベディエ／ポール・アザールの『フランス文学史』を十二巻で邦訳する企画を立てたことである。まずハードカヴァーの二巻が刊行され昭和十八年六月には第三巻がソフト・カヴァーで刊行され初版七千部となっているが、当時のフランス文学者が総出で協力している。第三巻はラブレーの章で終り、戦争の為に企画は中絶の憂き目を見たが、エドモン・ファラルとリュシヤン・フーレの手に依る中世研究は戦中に日本に伝えられたのであった。ヴィヨンの章を訳したのは鈴木信太郎氏であった。

鈴木信太郎氏はパリでは週に二度フーレの許に通われたそうで、これから渡辺一夫、前述の桑原、生島、有永弘人から戦後の三宅徳嘉さんまで、連綿と個人教授を受けたのであった。三宅さんは恐らくフランス語学者でエコル・プラティック・デ・オート・ゼテュードのセミネールに初めて列席した日本人だったのではないかと思う。ドーザ、ワグネール、ルコワの授業に出られた筈である。朝倉季雄先生が留学されるときこの学校のことをお話して、先生はデュボワ、グージュネムなどを知られ、感謝のお手紙を頂戴したことを思い出す。ヴィクトール・デュリュイがドイツのゼミナール制度に倣ってつくった研究者を養成するこの学校は、日本で余り知られずにいるのは残念である。筆者はワグネール先生のソルボンヌの助手をしておられたクロード・レニエ氏に勧められルコワ先生のクラスに入ったのだが、ソルボンヌの二階にあるこの学校を発見するのに二週間掛かった話を前に書いたことが有る。

マリオ・ロックが「ここでの授業は極く初歩的で」というのも分からないではないが、御尊父の病気で滞在を縮めることなく鈴木氏がここの授業に出て居られたら文献学的方法論が早く導入されただろうにと惜しまれる。エコル・プラティック・デ・オート・ゼテュードは一課程三年であるが、知識より方法論をこの三年間で身に付けさせる。マリオ・ロックのゼミには当時、高等師範学校生徒だったフェリックス・ルコワ、グージュネム、アーバン・ホルムズ *"Bataille de Caresme et de Carnage"* のロジンスキ、ジュリア・バスタン、ウプサラ大のワールグレンなどが出席して居り、アントワーヌ・トマ、ジャンロワ、モレル・ファティオが教えていた。中世ラテン語ではエドモン・ファラル、フランス語史ではドーザ、ジリエロンが教えていた。もっとも人には向き不向きも有り、趣味人で作曲家でもあった中世学者Oulmontなどはベディエのまな弟子であったが、トマを無味乾燥で情愛の無い人と嫌って居た様である。

戦後の『サン・タレクシ注解』で我々を裨益された川本茂雄さんがギュスターヴ・コーアンの授業に出られたのは確実だが、氏がエコル・プラティックに通われたかどうかは分からない。エコル・デ・シャルトの授業も聴かれたようである。連載されていた頃、筆者は日仏学院で川本さんにお習いしたが、「ズーヒャHermann Suchierを持っていたんだが、焼いちゃってね」と述懐されたのを聴いている。『フランス語研究』誌第一号から九号まで連載された「*La Vie de Saint Alexis* 講読」はガストン・パリス／レオポール・パニエ共編の記念碑的校訂版に拠る優れたもので、没後に白水社から刊行された『言語の構造』の二百二十二ページから三百二ページに誤植など訂正して再録されているが、この部分のみを一冊に再刊すれば優れた中世フランス語入門となるであろう。岩波文庫に川本さんが訳された『オーカッサンとニコレット』の後書きにはancien français（古語）でわからないところはLucien Fouletに尋ねた、とあるのでフーレさんの所にも通われたようである。戦前の日本人の中世学者はフーレの影響下にあったこととなる。

今では中世フランス語の入門書は山程あって選ぶのに困るほどだが、これは大学の大衆化で入門書が必要になったためで、一九六〇年代まで、入門のための手引きは渺々たる物だった。フランスのリセでできる学生はドイツ語が第二外国語だったので Voretsch や Meyer-Lübcke などが直かに使えたということもあったであろう。Bartsch やクレダのクレストマティ（古典名文選）やポール・メイイェのエコル・デ・シャルト用の *Recueil de textes* などが使えた。筆者はガストン・パリスとラングロワのクレストマティを読んだといってワグネール先生のゼミに入れて貰えたが、実際にはツン読で目を通したのみだった。留学してニゼ書店で手に入れた Bartsch=Horning のクレストマティの序論は実に役にたった。Clédat のクレストマティは今見ると優れたもので、三月に亡くなった鷲田君は「クレダが一番できる人ではなかったか」と高く評価していたという。クレストマティ巻末のグロセール（難解用語）も良く出来ている。クレダがリヨンで出していた雑誌、*Revue de philosophie francaise* の揃いを亡父は持っていたが昭和十七年に戦災を恐れて慶應の図書館に仏語学、言語学の本と寄付した。モノグラフィーは疎開され戦災を免れたが、この雑誌は未整理中で焼けてしまい、重複の数冊が私の書庫に端本として残るのみである。H・イヴォンの好論文がよく載っている。

鈴木信太郎さんはコンスタンのクレストマティに付いている変化表の部分を製本させたものを大事にしておられた。授業に来られた折りにこの大型だが薄い本を教室に忘れられ、電話で自宅に届けて欲しいといって来られお届けに伺ったのが、私の始めての鈴木邸訪問であった。

リュシアン・フーレは一九一五年にイェール大学から *A Bibliography of Medieval French Literature of College Libraries* という三十ページの書誌を出している。渡辺一夫先生が亡くなられ、蔵書を分けられることになった時、サイン入りの薄いこの書誌を頂いてきたが、スミス・カレッジの仏文学教授アーバート・シンツが序文に

The list of Mr.Foulet, once completed, was handed over to Champion, the well known Parisian publisher and dealer, who asked to estimate the cost of each book and these estimates we quote in our pamphlet. It must of course, be understood that, as most prices are for second-hand books, the buyer cannot depend upon them entirely, but as approximate figures they will help materially

と書いている。フーレは、

J'ai marqué d'une astérique les ouvrages les plus nécessaires;――acheter un Godfroy dès que ce sera possible

と結んでいて、この原版をＭＭ〔郵船会社〕のフォンテーヌブロー号の船火事で失われた鈴木さんの嘆きも良く分かる。船は意外と火災を出すもので生島遼一氏はマルセイユ港を目前に船火事に会い、九死に一生を得ている。

昭和七年にシャンピオン書店を訪れた桑原武夫氏は『フランス印象記』中の「巴里の本屋など」の中で「エドワールは去年（一九三八年）物故したが、店は生前から人手に渡ってゐた。それは米系ユダヤ人ということで」と書いている。今はかつてジュネーヴの古書店だったスラトキンが経営している。中世フランス文学に携わる以上、今後もこの書店に世話になることだろう。移転を期に一層の充実を願い、新しい時代に入ったことを痛感する。

（『流域』青山社、二〇〇六年一月「シャンピオン移転」を転載）

カルティエ・ラタン今昔

フランスの高等教育制度は複線方式で日本とかなり異なっている。四十年前に初めて留学した当初はそれがわからずウロウロした。大学の建物も迷路の如くでなかなか思うところに行き着けない。文字通り「途方に暮れて」宿舎に戻ったことも二、三度ではない。当時は十万人を越える学生が一か所のパリ大学に集中していたし、コパールと俗称された留学生案内の事務所も受付けの女性が難関で相談に辿りつくまでが苦労であった。右往左往しているうちにヴァグネル先生の助手をしていた中世学者レニエ先生に教えられてソルボンヌの二階にある「高等実習学院」（ＥＰＨＥ）に辿り着いたが中世写本が読めずに退散してロマンス語研究所のブーティエール先生の古文書入門の授業に出たり、進められて「古文書学校」の授業に出たりしている内に「高等実習学院」や「古文書学校」（エコル・デ・シャルト）などが専門研究者養成機関で、フランスには大学でない高等教育機関が色々あることが分かってきた。フランスのグランド・ゼコルも最近では日本で知られる様になってきたがコンセルヴァトワールやエコル・ノルマル・シュペリウールの存在は知っていても当時は大学より評価の高い学校が幾つもあるフランスの制度を理解していなかったのである。慶應義塾はパリ第三大学と学生交換制度があり、エセック校、シヤンス・ポ校と教員、学生の交換を行っているがこの二校は大学ではなく、より入学の難しいグランド・ゼコルである。

パリ大学は「五月革命」といわれる一九六八年の大学騒動のあと、各校の学生数が二、三万人の十三の大学に分割され、場所もパリ西方のナンテール（パリ第一〇大）からパリ東方のクレテイユ（パリ第一二大）、北のパリ第一三大学、南のオルセエにあるパリ第一一大学とパリ市をはみ出してしまっている。かつてはリュクサンブール公園の西側にあったエセック校も二十年程前にパリ西北のセルジ・ポントワーズに斬新な校舎を建てて引っ越し、ソルボンヌと同じ建物にある古文書学校もソルボンヌから離れて右岸のアルスナル図書館に移転する予定で分散化が計られている。ソルボンヌといわれるのは旧法学部を含むパリ第四大学で、神学博士を目指す十六人の苦学生のために聖王ルイ（ルイ九世）の告白聴聞僧であったロベール・ド・ソルボンが一二五七年に建てた学寮にちなんでのことである。大学の創立はもっと以前に遡り、一二〇〇年には国王フィリップ・オーギュストからの勅令が出たり、一二一五年にはローマ法王から認可状を得たりしている。当時学生はラテン語を共通語として使っていたのでこの学生地区はラテン地区、カルティエ・ラタンと呼ばれ今に及んでいる。パンテオンの建っている聖ジュヌヴィエーヴの丘の南面がそれに当たるが、パンテオンの南にはフランスの誇るエコル・ノルマル・シュペリウール（高等師範学校）があり、ソルボンヌとサン・ジャック通りを挟んでは高等師範学校の受験校として有名なルイ・ル・グラン（ルイ十四世）高校とフランスの最高学府コレージュ・ド・フランスがあり、ソルボンヌとサン・ミシェル通りを挟んではサン・ルイ高校があり、パンテオンの東にはこれも有名な受験校アンリ四世高校がある。砲兵士官学校としても有名だったポリテクニック校もパンテオンの南にあったがパリ南郊のパレゾーに移転し、今はコレージュ・ド・フランス別館などに成っている。パリ大学で国家博士号を戦前取られた松本信広先生が、買った本を読むのを楽しみとされたという、学生の楽園リュクサンブール公園もサン・ミシェル通り沿いで、ここにもグランド・ゼコルの一つの鉱山学校があり、南側にはモンテーニュ高校があり、法学部の別館がある。

パリ大学は中世から国際色の強い大学で教師は勿論、学生も各国から来ていた。十三世紀以来、学芸学部（自由七学科）、教会法、神学、医学の四学部にわかれていた。ローマ法は南フランスの伝統的学問でパリ大では教えられず、ボローニャ大学出身の教授たちによってオルレアン大学で教えられていた。

十二世紀にはアベラール、十三世紀には聖トマス・アクィナスなど革新的学者が活躍したパリ大学もルネサンスになるとラブレーなどに嘲弄される硬直化した大学となり、新しい人文主義の牙城となったのが一五三〇年フランソワ一世に創立されたコレージュ・ド・フランスであった。

一六二二年には後に宰相となるリシュリュー枢機卿がパリ大学の責任者となり、改革と改築に貢献した。リシュリューは今もソルボンヌのチャペルに眠っている。そのチャペルを出たところがソルボンヌ広場で、第一次大戦中の一九一五年に小泉信三先生が阿部泰三（水上滝太郎）と泊まられたオテル・セレクトが今も建っている。リュクサンブール公園を出た角のフランスの詩人たちの溜まり場だったブラッスリ「クロズリー・ド・リラ」はヘミングウェイ、フィッツジェラルドなども通ったが、小泉先生、阿部氏が島崎藤村と行かれた店で今もレストランとして健在である。

リシュリューの後ではコルベールも法学部の改革に着手し、医学部も十八世紀に入ると改革されたがイエズス会の影響が強く、哲学、科学の世紀であったこの二世紀間は一七六二年のイエズス会の国外追放までソルボンヌは保守に終始した感がある。フランスの大学はフランス革命で閉鎖され革命期の一七九四年、ルイ十六世やマリー・アントワネットがギロチンに掛かった翌年の議会、国民公会によって設立されたのがエコル・ノルマル・シュペリウールであり、その同じ年にはポリテクニック校も創立されている。今年はエコル・ノルマル・シュペリウールの二百年記念行事が行われ、日本でもこの学校に学んだ留学生たちのためフランス大使館で祝宴がひらかれ、慶応義塾からもこの学校に学んだ教員、牛場暁夫、後平隆、宮林寛、荻野アンナの諸氏が参加している。

パリ大学が再開されたのはナポレオン帝政期の一八〇六年で、パリ大学は新しく法学部、医学部、理学部、文学部、神学部の五学部で再開した。しかしフランスの高等教育が近代化されるには普仏戦争前後のヴィクトール・デュリュイ、ジュール・フェリイなどを待たなければならなかった。十九世紀の学生生活はスタンダール、バルザック、フロベールなどの小説に依っても伺われるが、小説には大学に籍を置きながらも、学業を全う出来ずに終わる学生の姿もよく見受けられる。バカロレアといわれる大学入学検定試験に受かれば大学には入れるし学費も考えられないほど安いが卒業にはかなりの努力が必要とされる。グランド・ゼコルに入るには、バカロレアの後二年の準備コースに行き選抜試験を受けなければならないし、三浪で受験資格が無くなる。

グランド・ゼコルを出てすら就職が楽でない今のフランスでは学生の顔も明るくは見えない。カフェ、レストランの多いカルティエ・ラタンも心なしか昔程の熱気を感じさせないのは残念である。サルトルの『自由への道』の冒頭に出てくるカフェ、マイユーも今はマクドナルドとなり、それに対峙するカプラードもファスト・フードの店になり、永沢先生、島田先生、井汲清治先生などのことをよく覚えていたセギ書店も姿を消し、小規模の店舗は淘汰されていく。リュクサンブールからオデオンに斜めに向かうピトレスクな小道ムシュー・ル・プランス通りからはかつての古本屋、レコード店などは姿を消し数軒の日本風焼鳥屋が出現している。パリ大学の分散と共にカルティエ・ラタンも観光的な地区になっていくのであろう。

創立が十七世紀に遡る「東洋語学校」（通称ラングゾ）はオデオン通りからサン・ジェルマン大通りを西にいって画廊の多いボナパルト通りをセーヌ河にむかっていくとあるが、学生数が増えて日本語韓国語科の授業はパリ西部のブーローニュの森に北端の昔のＮＡＴＯ（フランス語ではＯＴＡＮ）の建物を使っていた。一九六九年に此処に教えに行ったときはラングゾはパリ第三大の一部になっていて、後に日本語科のシフェール教授が第三大学の学長として慶應義塾との学生交換制度の交渉にこられ成立した。時の学長は佐藤朔先生で、シフェール氏が日本語でパリの大学改革の説明をするのを聞いていた佐藤塾長がフランス語で質問したときのシフェール氏のあっけに取られた顔が忘れられない。その東洋語学校も数年前に再び独立した機関となり、校舎を探している。

日本語科はパリ第七大学にもあり、この創立時には慶応義塾の斉藤修一氏が献身的に協力してくれた。仏文科で三年間講師を勤めてくれたストリュヴ氏もここから来られた。慶応義塾では檜谷昭彦氏の下で江戸文学の研究もされ、最近西鶴研究で国家博士になられている。

慶応義塾と交換協定のあるシャンス・ポ、正式には政治学院は、フランスの官僚の大部分がここの卒業という名門校でシラク大統領も出身者だが、サン・ジェルマン通りをもう少し西に行った左側である。今年の十月には、かつてエセック校にも交換協定で行って教えて来られた経済学部の佐々波教授が、シャンス・ポに教えにいかれた。カルティエ・ラタンはオデオン広場まで政治学院までは含まない。しかし教員宿舎は古い建物の内部を近代的に改装したもので、カルティエ・ラタンの真ん中でセーヌ河畔に近い。学生街といっても大学の学生だけでないのがパリの特徴と言えるだろう。

（『三田評論』慶應義塾大学、一九九五年十二月「カルティエ・ラタン」を転載）

睡魔のいたずら——コレージュ・ド・フランスで話す

コレージュ・ド・フランスの講義を聴くのは留学以前からの夢だった。辰野隆氏はじめ多くの人の随筆でも、誰でもフランスを代表する学者の講義を聞きに行けるが資格が貰えるわけでもない不思議な制度のこと、エドガール・キネやミシュレ、ルナンなど講義を禁止された抗争史について、ベルグソンやヴァレリーの講義に上流夫人が集まったこと、普仏戦争中包囲されたパリでガストン・パリスが講義した話、あるいは寒さを避けにクロシャール（浮浪者）が入ってきた話、教授を馬車で運んできた御者だけが聴衆席にいた古代語の講義の話、など読んだことを想い出す。

一八六二年にコレージュ・ド・フランスを解任されたルナンは、一八七〇年の普仏戦争中コレージュ・ド・フランスの総長を務めていたが、朝出勤するとパリを包囲しているプロシャ軍の放った砲弾が机の上に乗っていたとか、クロード・ベルナールが聴講に来ていた貴婦人に理解者を見付け、文通したことが問題になって没後に生地に銅像が立てられなかったことなど、話題に事欠かなかった。

留学一年の彷徨ののちに辿り着いた高等実習院のフェリックス・ルコワ先生はコレージュ・ド・フランスの教授で、コレージュではヴィヨンを講義して居られた。丁度滞仏中だった名古屋大学の新村猛氏がその講義を聴講して居られたが、、筆者が中世フランス文学の講義をコレージュに聴きに通うようになったのは数年経ってからであった。ジョルジュ・ブランもメルロ・ポンティも講義していたのだが、こちらは目前の中世フランス語の習得で手一杯で、聞きに行く余裕が無かった。数年後の冬には暖房費の節約のためもあって、結婚当初の家内ともどもルコワ先生の『教父伝』の類話研究を聞きに通い、寒さを避けに来るクロシャール（浮浪者）の話を想い出したりもした。八年後、東洋語学校に教えに来ていた時に聴講したフロワサールの『メリアドール物語』の講義や、『ペルスヴァル物語』の講義を楽しげにするルコワ先生の顔も忘れられない。阿部良雄氏の一九七四年の連講には出られなかったが、一九八五年のボードレールについての四講には列席し、時間を延々と超過しても堂々と講義を続けられたサンスクリット文学の大路原氏の講義も拝聴することが出来た。

慶應大学を退職してパリに来てからは、フランク氏の法華経の連講、フュマロリ氏の講義、ミシェル・ザンク氏の講義などコレージュ・ド・フランスの講義を聴くのが滞在の主たる目的になっていた。

ルコワ先生は定年後もコレージュ・ド・フランスの個室に毎朝九時半には入られ、『教父伝』『狐物語』の第一〇枝編、『パルトノペウス物語』など中世フランス文学作品の校訂を続けておられたので、十日置きくらいに先生の部屋に伺ったりしたが、一八五三年にポラン・パリスによって開講され、息子のガストン・パリスが継ぎ、ジョゼフ・ベディエに渡されたフランス中世文学の講座はベディエの退職後、マリオ・ロックのフランス語語彙研究の講座となり、マリオ・ロックが定年となった一九四七年にルコワ先生が教授となって中世フランス文学の講座に戻った。一九七五年に先生が七十二歳で現職を退くと、継承されてきた中世フランス文学の講座はピエール・ブーレーズの音楽表現法の講座に替わった。コレージュ・ド・フランスの講座数は五十二で、空席が出来るとフランス文化を代表する学者を撰んで教授に選任し、講座が継承されるわけではないのだが、中世フランス文学に関わる身としては残念に思わざるを得なかった。

一九九五年にブーレーズ氏が七十歳で退職し空席が出来ると、ソルボンヌのミシェル・ザンク氏が教授に選ばれて中世フランス文学の講座が復活した。この年の三月二十四日のザンク氏の開講演説はザンク氏がトゥルーズ大学教授の時に氏の学生でもあった東大教授の松村剛氏によって邦訳され、岩波書店の『文学』第七巻二号（一九九六年）に載っている。

年代記作家としてのフロワサールが題目に撰ばれた年もあるが、ザンク氏の講義の焦点は中世フランス文学と信仰の関係に当てられていて、中世ラテン文学、中世神学に至るその視野の広さと絶妙な解釈は聴く度に視界を拡げられる感があって、火曜の十時半からの講義には毎回十時前には講堂に着いて、前から三列目に席を取るようにしていた。二〇〇二年度は講義開始八年目に当たって教授に与えられるサバティカルの休暇であったが、今年の一月に再開すると講堂がより広いマルグリート・ド・ナヴァール講堂に変わっていた。『聖杯物語』を論じられた年など、ギヨオム・ビュデ講堂では入りきれないほど聴衆が来たためであろう。

中世フランス語も俗文学ばかり読んできて、ルコワ先生の校訂された『教父伝』も説話文学として読み、クレティアンの『ペルスヴァル』に続く散文聖杯物語も修道院臭の強い『聖杯探索』などは読むだけで近づかず、ジャン・ルナールやゴーティエ・ダラスあるいは『ローマ七賢人物語』を中心にしたいわゆる東方物を楽しんで来た身には、『教父伝』中の「サラセン女」「骸骨」などのザンク氏の教化論としての読取りの精妙さには目を瞠らされるものがあった。ザンク氏自身が再話した中世説話集『聖母の軽業師』（一九九九年、スイユ社刊）中の説話の一つについて、再話したときには自身気付かなかった真意をのちに見付けた動揺を講義中で語られたりもしたが、筆者などゴーティエ・ド・コワンシーの『聖母奇跡談集』からアナトール・フランスが再話して付けた題名と思っていたものが、アッシジの聖フランチェスコが自身を「聖母の軽業師」と呼んでいたのにもよるのだと分かり、中世フランス文学の背後に膨大なラテン語文献が隠れていることは知っていても入り込んだことの無い身には、「日暮れて途遠し」を痛切に感じずにはいられない。

ラシーヌも仏訳しシャルパンティエの作曲もある旧訳聖書に珍しい新鮮な民俗詩『雅歌』も、ザンク氏がクレルヴォーの聖ベルナールの注釈を取り上げて、ラテン語修辞法の技法から構造を解き明かすと、底知れない深さが覗けて来る。詩人と預言者（poetae：vates）、空言師、幻視師など、技法にのみ巧みで空言をあげつらう詩人と、普通では見えない真実、神から預かった言を伝える預言者（vates）としての詩人（poetae）、という区別も知らないではなかった。しかしヨーロッパ人もキリスト教に改宗した異教徒であったことを論じた身としては、中世文学のキリスト教神学的要素よりも、キリスト教によって覆い尽くされた異教を垣間見ようと試みるロバート・グレイヴスなどに惹かれて仕舞う。*The White Goddess*（一九四六）ではグレイヴスは、紀元五世紀のキムリットによるウエールズ侵攻で散らされたウエールズ詩人たちの伝承が一〇六六年のノルマンディー公ギヨームのイギリス攻略に参加したウエールズ語と同根の言葉であるブルターニュ語に訳され、ヨーロッパの伝承に合うように味付けされて今に伝えられたのではないかと考えている。「白き女神」は古く中近東で知られていた女神アシュタルテであると同時に月でもあり、キリスト教以前の信仰で、泉崇拝も樹木崇拝もキリスト教の民俗の影にちらちら見えてくる。グレイヴスはアイルランドでもウエールズでも、楽しみを提供する詩人（グリーメン）と彼岸の声を伝える詩人の区別があったとする。

ザンク氏は尊者ベーダの伝える有名なカドミュスについて、この歌うことの出来なかった貧しい牧童が神の強い要請によって聞き覚えた聖書の話を見事な古英語詩に朗唱し、聖書を彼のために訳して伝えた学僧たちを信仰に導いた例を取り上げて、神のインスピレイションの下にある詩人の役割は何かを考える。

凡そ全て「目に一丁字ある」中世人なら日常読んでいた『聖務日禱書』には、旧約聖書でダヴィデに仮託されている「詩編」全百五十編が配当されている。中世期の学僧は皆「詩編」を知っていたので、作詩の際に影響を受けない筈は無く、注解によって四種の意味を作品に求めることも出来たであろう。異教徒であるウェルギリウス、オウィディウスやキケロによって学習した学僧たちは、この異教徒たちの作品にも隠された「真実」があり、研鑽によって到達できると信じていたのであろう。

「詩編」でも第四四篇（邦訳では第四五篇）はラテン訳の最初の語 Eructavit の名で知られている中世フランス語の注解的訳も重要なようで、ゴーティエ・ド・コワンシーの『聖母奇跡談集』の第一部序詩と第二部序詩などと共に次々に検討していくと、クレティヤンの『ランスロ、荷車の騎士』の冒頭の献辞なども只の読み方とは異なった読み方が可能になってくる。エコル・ノルマル・シュペリウール時代に「古典文学」のアグレジェ試験に一番で通ったというザンク氏はラテン語は新聞を読むように読め、アウグスティヌス、ベルナールを始め多くの古典や聖書、典礼文などは記憶から引用もし、板書などされないので敵わない。昔エミル・マルの古典的名著『十三世紀の美術』を読んでいて、序文の最後に「俗語文学だけでしか中世と付き合えなければ、中世は知ることは出来ないだろう」と書いてあってへこたれたことを想い出す。

中世には俗語作品に対して圧倒的に多量なラテン語作品があることは図書館の写本群を眺めれば明らかであり、ラテン語を無視しては中世ヨーロッパを考えられない。「三一致」など十七世紀の古典主義の規範も十九世紀のロマン派の「告白文学」も経過せず「桂園派」風の定型詩も生き続け、近代ヨーロッパの標準では荒唐無稽な『里見八犬伝』や『四谷怪談』と裏表の上、挿話だらけの『仮名手本忠臣蔵』など楽しみながら近代に到達した日本人にとっては、ヨーロッパ中世文学は近代ヨーロッパ人より肌に近いのでは無いかと窃かに思っていた自負も怪しくなって来る。これではいかん、と何とか圏外からの視点が取れないものか、中世のロマンを読んで面白いと感じる実感は自分のものなのだからと気を取り直しても、ともすればザンク氏の土俵に取り込まれそうになり、あやうい足場を守ろうと（愚かにも）苦心している訳である。

今年のザンク氏は「詩、自然、変身（メタモルフォーズ）」の題で、キリスト教の到来によってヨーロッパの自然観が変わったことを取り上げている。去年講義が無かったこともあって喜び勇んで聴講に通っているのだが、ボエティウス、アウグスティヌス辺りまではともかく、シャルトル学派もギヨーム・ド・コンシュなどまで縦横に論じられるので、付いて行くのも大変である。

二月になって家主のポーリーヌ・ピュイグ・ロジェ夫人が、在日十二年に及んだ母親の没後十年で、弟子や旧知の音楽家が上野で開いた「アンリエット・ピュイグ・ロジェの肖像、没後十周年記念コンサート」に出席するために東京に夫妻で出掛け、音楽之友社から出た『ある〈完全な音楽家〉の肖像―マダム・ピュイグ・ロジェが日本に遺したもの』という記念出版物をお土産に戻ってきた。これはパリ音楽院を定年で辞められた後、東京芸大に客員教授として赴任されたアンリエット先生の書かれたものと対談や講演の邦訳、習われた方々の回想を一冊に纏めたもので、早速一冊を拝借して読み出したが、音楽論としてだけでなく日本論としても示唆に富んだ好著であった。先生はやんわりとであるが可成り厳しいこともいっている。日本で親しく付き合ったアンリエット先生の姿が髣髴としてつい夜更けまで読み耽り、火曜の朝は目覚まし時計で起こされる始末であった。いつもよりは十五分ほど遅れたが、開講二十分前には講堂に入ることが出来た。丁度この日はザンク氏の講義のあとのセミナーで、最近ウォリック大（Warwick）教授からコレージュ・ド・フランスの教授になられたエドワーズ・ミルズ教授が「チョウサー、コウルリッジとの自然のメタモルフォーズ」の題で講義をすることになっていた。

十時半にザンク氏の講義が始まった。暫くすると前の晩の寝不足が祟って睡魔に襲われた。鞄にカセットレコーダーを入れてきたのも安心した理由だったかも知れない。前の列の聴講者の頭の蔭に旨く隠れていたかと思ったが、講義が終わるとザンク氏が壇から降りてこちらを目掛けて来るではないか。居眠りが見付かったか。一瞬不安に襲われたが迷惑を掛けた訳では無し、謝れば済むだろうと腹を括っていると、握手のあと、エドワーズ・ミルズ夫妻と昼食に行くのでセミナーが終わったら加わって呉れないかとのことでホッとした。お陰で眠気も吹っ飛んで、セミナーを聞くことが出来た。

セミナーが終わって聴講者も殆ど姿を消した頃、ザンク氏とエドワーズ・ミルズ夫妻が一般の出口と違う扉から出てきて、筆者のように廊下で待ち受けていたバルティモア大のニコルズ教授と五人で先ずエレヴェーターで三階のザンク氏の部屋に行き、コレージュ・ド・フランスのマダム・ボンヴァールが加わって六人となってコレージュ・ド・フランスの前の「学校通り」を五〇メートルほど東に歩き、プティット・ペリグールディーヌというビストロで食卓に就いた。どの料理も十ユーロくらいの普通のビストロで、昼で込み合っていた。エドワーズ・ミルズ夫人はウォリック大では化学を教え、科学フランス語も担当していたといって優雅なフランス語を話された。イラク戦争を前にブッシュ大統領の話、株価の話、シラク論、没後二十年になる喜劇役者フュネスの話、C・S・ルイス、トールキン、ハリー・ポターの話、最近アカデミー・フランセーズ会員に撰ばれた陳（Cheng）氏の事など活発に話題が飛び替わったが、シェン氏の水墨画が話題になったので、食卓の赤葡萄酒の勢いもあって、筆者が日本では自然の観念がヨーロッパと違うことを取り上げたら、ザンク氏が俄然興味を示した。日本には nature に当たる単語がなく十八世紀にオランダ医学を学ぶ人が訳語に困って老子にも見える「自然」を当てたが、これは元来が副詞であったこと、「山水」「天地」あるいは今フランスで大流行りの「風水」などの語では natura の内包は伝えきれないので「自然」を当て、今でもこの語がナトゥラの同義語になっていて、副詞であったことは殆ど意識されていないなど、かつて感心して読んだ柳父章氏の翻訳論の記憶で喋った。これが予想外にザンク氏の興味を惹き、三月に一時間上げるから、その問題をセミナーで話してくれという。丁度三月は帰国するので出来ないというと、では十五分でも良いから来週喋ってくれということになって仕舞った。

手許に柳父氏の本も無く厄介なことになったと思いながら、やむなく日本文化会館の図書室で平凡社の世界大百科事典を引いたら、伊東俊太郎氏が「自然」の項目を書いていて老子も引いてあり、幕末の仏和辞書にNatureに対して「自然」の語が与えられていることも記してあった。電子ブックの『広辞苑』の「逆引き」表示を使って「然」で終わる熟語を調べてみると、「自然」と「天然」以外に名詞は無い。「当然」「突然」「依然」「茫然」「歴然」などと並べて見れば一目瞭然である。「陶然」などというのもある。『逆引き広辞苑』に出てこないものも有るので付け加えてみたが、日本語を知らない聴き手にフランス語では役に立ちそうもない。一応のプランを立てているうちに火曜日がやって来た。ザンク氏の講義が終わって十分の休憩になると、氏が降りて来てセミナーの終わりに十五分話す確認を取られた。座っている所から話すというと、やはり壇上に上がって欲しいという。やがてザンク氏が筆者をgrand médiéviste japonaisと紹介し始めた。結婚披露宴をやっていない身としては、初めての大学者扱いである。「アステリスクの訳者でもある」とも付け加えられた。こういうことは印象的に憶えられるらしい。

「かつて学生生活をした街で〈只の小父さん〉生活を楽しんでいるところ光栄の場に昇らされて」と喋り初め、「日本人は自然を愛する」といわれ他方「日本人は自然を破壊をするのを気にしない」ともいわれている、この矛盾は何処から来るか、それは自然の中に浸っていて自分も自然の一要素だと思っているからで、距離を置いて「自然」に対し、客観化して捉えるのはヨーロッパ思想に学んだのだと切り出した。nature に対する語としては「山水」など有ったが、オランダ医学を導入した際この語は当てられず、老子から「自然」という副詞を借りてきて今も使っている。オランダを介したというのも面白いことで、オランダこそ望遠鏡と顕微鏡が生まれ風景画と自画像が育った所であり、カトリック国では過激と思われた科学思想が寛容に取り入れられ日本に伝えられたこと、anima を持つ者として animal と呼んだ動物から魂としてのアニマを取り上げて「息をするもの」とし、魂は人間だけが持つとしたキリスト教と異なって、日本は動物ばかりか物にも魂を認め、神々と人間の間に断絶が無い文化であってキリスト教社会よりはギリシャ・ローマ世界に近いようだ。「筆塚」「針塚」から「眼鏡塚」などまで日本にはあり、無視された物は「物の怪」にも成り得たこと、「自然」は「悠久」で natura の gigno, gnatus に遡る「生まれ、育ち（衰える）」観念が含まれていないこと、フランス語では nature morte「死んだ生物」と呼ぶものは日本語では「静物画」となることから、naturalisme が日本に入って「自然主義」となると内容が変化し、「私小説」など独特なジャンルになったことなどを話して、十五分を越してしまった。流石に「静物画」については質問が出た。nature morte には「置いておけば衰え、腐ってしまうもの」という意識は無いという指摘であったが、これは「自然」から副詞の観念が抜け落ちたのと平行する意識の変化であろう。実は十八世紀日本では本草学が盛んで図鑑など多く出たこと、徒然草、孔子の大河の前での述懐、ベルナール・フランク氏が論じた憂き世、浮き世 le monde flottant で締め括る心算りでいながら、すっかり壇上では忘れて仕舞っていた。五十年教師業をやっても「あがる」ものなのだ。幸いザンク氏は不満ではなかったようで、次の週にはセミナーで筆者の発言を取り上げて話し始め、川端康成の『伊豆の踊り子』の印象などから幾つかの仏訳日本の小説の異様ともいえる感触に触れられて、再び発言を求められた。

今度は座席から、「自然」を「管理」するという考え方は極めて西欧的であり、自然の一要素としての日本人は「あなた任せ」に状況に身を任せるのだと喋った。十二時半に終わって、ザンク氏は今日は委員会があるので昼が一緒に食べられないと謝られたが、筆者がこの午後日本に発つのでこちらも時間が無いと答えたのには驚いたようだった。

一応無事に済んだわけだが、常に感じるように、外国語で日本に付いて話すと何時もなにかいい足りなかったような気分が残る。中国語の免状を取って日本語を知らずに戦前日本に留学されたアンドレ・ルロワ＝グーラン氏に『世界の根』（*Les racines du Monde*, entretiens avec Claude-Henri Rocquet, Pierre Belfond 刊、1982）という極めて面白い対談集がある。学校教育が嫌いで独学でバカロレアを受け医学部の人類学講座を聴き、ミュゼ・ド・ロム（人類学博物館）、高等実習学院（ＥＰＨＥ）などで学び東洋語学校でロシヤ語の免状を二十歳で取り、中国語を学ぶという変則的な途を辿ってコレージュ・ド・フランス教授になった先史考古学の碩学だが、結婚祝に東洋語学校の理事から二年間の日本留学を貰い、昭和十二年に来日した。東京には長く留まらず京都で暮らし、河合寛次郎など陶芸家たちとも付き合い、関西日仏学館で教鞭も取ったという。

ルロワ＝グーラン氏にとって日本滞在は重要であったようで、物を作る手と道具の重要性や、日常生活における美の要素を考え直すことになったという。彼は「平凡なことをいうのが躊躇されるのは、実際の日本をフランス語で話そうとすると、その中身は大部分こぼれてしまうのでね。それに見たことと話すことが出来ることの間に距離があるのは、どんな場合でも起こることだが」Et si je crains de dire des banalités, c'est qu'à dire en français les réalités japonaises on les vide beaucoup de leur substance. Cet écart entre ce qu'on vit et ce qu'on peut dire se constate d'ailleurs en toute occasion といっている。日仏学館ではフランス語だけでなくラテン語、中世フランス語も教え、『ロランの歌』も教えたという。フランス文学史中、女流詩人の講義もしリヨン派についても話したが、生徒の中から十六世紀の専門家も出、モリス・セーヴを研究し今では京都大学の教授だ、と語っているのは加藤美雄《とみお》氏のことであろう。外国語に日本の現実が伝わり難いことには柳父章氏が多くの著書で取り上げている訳語のカセット化の問題が重要で、「自然」のみでなく明治以後の我々の思考を支えている多くの抽象名詞の全てに関係する。東洋語学校で日本語を担当した際に、大和言葉で抽象的なことを話すのがいかに難しいかを痛感させられたものだったが、我々は知らないうちに日本語と思いつつヨーロッパ語の概念を使って話していることに気付かされる。「意識」「本質」「経済」「文明」「義務」など、言い換えようとしてみると分かる。これらの「観念」は日本語化されたとき「中身は大部分こぼれて」仕舞っているというのが、柳父氏の主張であろう。

七年前には地下工事と改装でカルディナル・ルモワーヌの別館でしか講演出来なかったので、今回計らずも本館も創立者の縁に因むマルグリート・ド・ナヴァール講堂の壇上から話が出来たことは、正に筆者に取って「冥土の土産」となった。アンリエット先生のお陰で夜更かしし居眠りをしたのが機縁になり、またも「世界は驚異に充ちている」感を味わうことが出来た。

（『流域』青山社、二〇〇三年十二月「睡魔のいたずら」を転載）

一神教と聖者崇拝

ハインリッヒ・ハイネは『諸神流竄記』（『流刑の神々』、岩波文庫）で「中世耶蘇教の強烈なる勢力は、終にヴェヌスを黒暗黒洞裡の魔女となし、ジュピテルを北海の寂しい渡守と化せしめずんば止まなかった」（柳田国男『不幸な芸術』）と論じたが、キリスト教は布教に当たって在来の異教徒が崇めていた泉や岩に十字架を建て、聖像を置くなどして崇拝の対象を置換していった。元来一神教のキリスト教は聖者崇拝、聖遺物崇拝を導入することでそれまでの多神教信徒を吸収していったといえる。数世紀かけて体系化された三位一体論や聖母論、聖像作成についての議論はネストリウス派、景教などの分派を生み偶像を認めず図像（イコン）のみを認める東方教会との分裂、ひいては十六世紀の新教諸派から十八世紀のフリーメイソン、十九世紀のユニテリアンなどを産む。

神と人間

キリスト教が日本に伝えられたのは十六世紀だが、自然の恵み豊かなこの多神教の風土で、砂漠に生まれた峻絶な一神教の世界観はどう受け止められたのだろうか？

多くの日本人にとっては、神々も我々と同じ世界に住み、あるいは山奥におられ時々降りて来られるので、神々の宿る草木も事物も魂を持つと考え、筆でも鏡でも櫛でも縫い針でも身近に親しくした事物が使えなくなれば塚を作ってまつることを不思議に思わない。大分昔になるが年末に来日したフランス人を不忍池の畔に伴ったとき、眼鏡塚を目にしたこのフランス人が驚嘆したことを想い出す。一方、「草木国土悉皆成仏」を受け入れているアニミスムの世界の住人である我々には、一神教の世界は分かり易いものではない。唯一の神が創造した世界に神が自身に似せて作った人間を置き、(遍在といわれながら)我々の住んでいる世界とは超絶したところに全能の神が存在するという一神教の世界——神が無ければ世界も無いというユダヤ教、キリスト教、イスラームの観念は捉え難いものである。この三つの宗教は同じ神、すなわちイサクの神、アブラハムの神であるたった一つの全能の神を信じている。しかし、神はモーセやアブラハムの前に突然現れたり、イエス、ムハンマドに語りかけたが、人のほうから呼びかけても、すぐ答えることは無く、イエスは十字架の上から「詩編」第二二篇の冒頭を引いて神に訴えたが答えは得られなかった。神と被造物である人間との関係は一方通行的で神と人との間には越え難い断絶があるのである。

かつて日本語に熟達したソーヴール・カンドウ神父がフランス語の教室で Dieu le sait〈神はそれを知る〉という文を「誰も知らない」と訳された。奇異な感じをうけたことを五十年経った今でも鮮明に覚えているが、人間の知能は隔絶した世界に住む全知全能の神には及ばないという一神教の世界観から出る発想であろう。

なお、人間は神に「神に似せて」作られた被造物とされ（「創世記」一、二十七）生気を吹き込まれ（「その鼻に命の息をふき入れられ」「創世記」二、七）ているが、動物には魂は与えられていない。キリスト教が中近東から地中海世界に広まって行くと、それまでは地母神、地霊、自然のなかに神を見、池や泉、河川など水も樹木も信仰の対象としていた多神教的世界は変革を迫られた。アニマルは「息をするもの」の意で動物にもアニマ（霊魂）が認められていたのが、アニマは人間に特に与えられたものとし動物にはアニマが無いものとされた。すなわち、アダムは自分の前に並べられた動物に「名前」を付け自分の支配下に置くのである（「創世」二、十九）。

キリストが神の子として人間であるマリアに身籠られこの世に「降りて」来られたというのは、この神と人との無限の距離を繋ぐためだった。なお、神と人間の仲立ちには天使もいるが、大多数は神の周りで神を賛美している。天使には九つの階級があり、一番上位の天使がセラフィム（熾天使）、次いでケルビム（智天使）、座天使、主天使、力天使、能天、権天使、大天使、天使となる。アダムとイヴを楽園から追放した神が楽園「エデンの東」の入口を守るために配したのはケルビムで「きらめく剣の炎」も据えた（「創世記」三、二十四）。六世紀の偽ディオニュシオス・アレオパギテースはその著書『天使の位階』で三種づつを一段階として三段階に分類している。個々の人間に付添うとされる守護天使が最下級の「天使」で、その一つ上の八階級目に大天使ミカエル、ガブリエル、ラファエルなどがおり、御使いとして人間の相手をするとされている。

楽園にいたアダムとイヴは恐れなく神と対面し、失楽園以後もアブラハムやその子イサク、孫ヤコブにも神を恐れる様は無いが、神と格闘したヤコブは『わたしは顔と顔を合わせて神を見たのに、なお生きている』（「創世記」三十二、三十一）といっている。後に神は人間にとって恐れなく対面出来るものではなくなり、あの強いモーセさえ燃え尽きない柴の炎の中の神から声を掛けられた時には「神を見ることを恐れて顔を覆って」いる（「出エジプト記」三、六）。人と神の仲立ちをする第八級天使のミカエル、ガブリエル等は兎も角、天使すら気軽に対面できる相手では無く、リルケは『ドウイノの悲歌』の第一悲歌で「すべての天使はおそろしい」と歌い、第一の悲歌で「ああ、声を限りに叫べばとて、誰が天使の序列から耳傾けてくれるだろう。そして仮に一人の天使が突然この身を抱くことがあっても私はその存在の強烈さに耐えず滅びてしまうに違いない（手塚富雄訳）」と歌い出している。そこには女性的で優しいという日本での天使のイメージは無い。

キリスト教の聖人と聖遺物

キリスト教が東方からギリシャ、ローマに西漸したとき、多神教であったギリシャ、ローマではパンテオンに一つ神が増えたとして応じようとしたが、一神教は他の神を認めないので軋轢が生じた。これは日本にキリスト教が到来した十六世紀にも起り、秀吉は宣教師にこの点を問い質しているし、明治期になってもキリスト教徒が神棚や仏壇や位牌を捨て問題になるなど、多神教と一神教は厳密には共存できない。

ユダヤ教もイスラームもキリストを神とは認めず、イスラームではキリストもマリアもそれぞれイーサー、ミリアムとして出て来るが、イエスは神ではなく予言者の一人とされ、ムハンマドが最後にして最高の予言者と考えられ、一神教の純粋さを守ろうとしている。

視線を変え、ではキリスト教国といわれる西欧に一神教がどれほど浸透しているかと考えると、ヨーロッパが厳密な一神教かどうかは疑わしい。もう五十年も前になるが、初めてフランスに留学した時、新聞に運勢欄があったりして奇異に思ったことを想い出す。人間の行動は自由意志によると考えるキリスト教では宿命という考えは排除されるので、将来を占うことは教義に反する。宿命を認めず人間の行為は各々の自由意志によって選ばれることと神の全智との矛盾は「時間の外に居る神」という観念で一応解かれている様だが、色々論争があったようである。

神（父）とキリスト（子）と精霊（聖神）とが三にして一という「三位一体論」は三二五年のニカイヤ公会議でようやく公認され、一方、「子」を「父」に従属するとした非三位一体派のアレクサンドリアの司教アリウスは異端とされた。しかし、神のみを唯一とするムハンマドは三位一体説を認めなかったし、聖霊の解釈から十一世紀には東西教会分裂の基となった。この「三位一体論」と「聖母マリア論」はキリスト教の分裂史の二大論争といえる。「新約聖書」では聖母マリアについての言及は意外に少なく、長く語るのは福音書ではルカ伝で、パウロ書簡は福音書より古いがマリアへの言及は無く、マリアの処女懐胎を語るのはルカ伝とマタイ伝のみである。カトリック教会に行けば、キリスト教というよりマリア教といった方が良いのではないかと思わされる程の聖母崇敬があるが、これは多神教であった世界にキリスト教が浸透する際に取られた融和政策の結果といえる。地母神崇拝の地中海世界でアルテミス崇拝の中心地であったエフェソスでの第三回公会議（四三一年）でマリアが神の母と認められたということは興味深い。マリアの神性を認めなかったネストリウスもこの公会議で異端とされたが、彼の説はシリアのキリスト教徒たちに奉じられ、ペルシャではイスラム侵攻後も続き中央アジア、中国、シベリア、インドまで広がった。中国では景教といわれた。

なお、二〇〇八年では三月二十一日がキリスト教では聖金曜日でキリスト受難の日にあたり、二十三日の日曜が復活祭である。復活祭は移動祝祭日で春分の日の後の最初の満月の次の日曜なので、来年は四月十二日になる。復活祭、英語ではイースターはお祭り好きの日本人も流石に取り入れていないようだが、キリスト教ではクリスマスとならぶ祝日で色を塗った卵を飾ったり、隠して子供に探させたりする。この前の四十日間は教会では鐘も鳴らさず結婚式も挙げられない。

イースターはキリスト復活の喜ばしい祝祭で菓子店では卵型のチョコレートなどが並ぶ。聖ヴァレンタインなどまで利用する日本の製菓会社がイースターを利用しないのは意外な現象といえる。卵に着色して春の祭りに食べる習慣は古代エジプト、ギリシャ、ローマにもあったようで地母神信仰に関係づけられている。なお、クリスマスは静かな祝日で、カトリック信徒はかつては深夜のミサまでは飲食をせず、ミサ後に盛大な会食をした。

キリスト教より一神教として徹底しているのはイスラームで、モスケといわれる会堂には一切の聖像がない。ムハンマドも予言者であって神ではなく、その点では純粋な一神教だが、それでも巡礼者はメッカで黒石に巡礼をしているし、聖者も居る。目に見えぬ神を信仰するにも具体的な事物にすがりたくなるのは人間の本性なのだろう。キリストも昇天し、マリアも天使たちによって天に引揚げられた（被昇天）とされるので遺骨などは有り得ないが、キリストが架けられた十字架はコンスタンティヌス大帝の母によって発見されたとされ、その断片はヨーロッパ各地にある。九世紀のシャルルマーニュ大帝の剣の束にも破片が嵌められていたとされる。聖書に出て来る『縫い目の無い衣』（「ヨハネ伝」十九、二十二〜）はパリ近郊のアルジャントイユ教会に長く伝わっていたし、墓に残されていたキリストを包んでいた布（トリノの聖骸布）、聖女ヴェロニカが十字架途上のキリストの汗を拭った時に顔がうつったという聖顔布もヴァティカンに現存する。

キリストの流した聖血、ユダヤ教徒として受けた割礼によって残された『聖包皮』、『聖臍』なども残されており・キリストがラザロの遺体を見て流したという涙もヴァンドームの教会に残されていた。しかし、宗教改革で聖遺物崇拝やマリア崇拝が批判される以前、既に十三世紀にギベール・ド・ノジャンがキリストの乳歯を捧持しているというソワッソンの聖メダール修道院に対して聖遺物崇拝の乱用を戒めて、「神がお考えにもならなかったことを神の業だと主張するものは神に嘘を吐かせる事になる。聖人たちについて、つまらぬこと以上のこと、豚飼いの耳にも入れない方が良い様なことが書かれている」と書いている。

聖母マリアも披昇天の際に落として行った帯、靴、授乳の際、迸ったという聖乳などが各地に伝わっている。これらの『聖遺物』は各地の修道院や教会で宝物として保持されているが、教会建設の「縁起」とはなっていない。聖王ルイが借金の肩代わりをしてヴェネティアからパリに齎《もたら》した『茨の冠』は王宮内にサント・シャペルを作って祭ったが、シャペルはチャペル（礼拝堂）であって教会ではない。

教会の縁起となったのは使徒や聖人の遺物であって、ヴァティカンにあるサン・ピエトロ教会が十二使徒筆頭のペテロの死骸の上に建てられているのは良く知られ、近世になって発掘も行われている。

現在でもカトリック教会の主祭壇には聖遺物が必要とされている。これに対して新教徒は聖者崇拝もマリア崇拝もせず聖像も置かないのが普通である。十六世紀の宗教改革以後、カトリック教会も「聖者伝」「聖遺物」の再検討を行い、根拠の認められないものは整理したが、生活に密着している聖者を抹消することは難しく、ローカルなものとして黙認せざるを得なくなっている。

キリスト教は中近東に起こったので初期の聖者はエジプト、シリアなどで生涯を送った人が多いが、ヨーロッパの民俗は聖者をヨーロッパに引き寄せ、キリストを取り巻く三人のマリアはローマを逃れ南仏の海岸に漂着したとされ、キリストの生誕に訪れた「東方の三賢者」の遺体はコンスタンティノープルから五世紀にイタリアのミラーノに齎されて一一六二年にフリードリッヒ・バルバロッサ王がドイツに運び、現在ケルンの大聖堂内に祭られている。ラザロと三人のマリアが南仏に漂着したとされる海岸の町はサント・マリー・ド・ラ・メールと名付けられ、毎年七月二十二日には巡礼の祭りがあり、特にジプシーが多く参列するので有名である。三人のマリアの中の一人、マグダラのマリアの頭蓋骨の為にはブルゴーニュのヴェズレーにマグダラのマリア教会が十二世紀に建てられている。クレルヴォーの聖ベルナールが第二次十字軍をここで提唱したことでも知られている。九世紀に使徒ヨハネの兄弟、大ヤコブの遺体が発見され、そのために建てられたスペインのサンチャゴ・デ・コンポステラに向かう十一世紀に遡る巡礼路の出発点の一つとなった。ヴェズレーには今も毎年イースターの祝日にパリから若者たちが巡礼をするし、この丘と教会は世界遺産にも指定されている。

フランスを教化した聖者の中でもマルティヌスとレミジウスは特別で、ペテロと同じくその名にちなむドンピエール、ドンマルタン、ドンレミなど「サン（saint）」の替わりに「ドン（don）」の尊称を冠する地名になっている。レミジウスはフランス王クロヴィスをさきに述べたアリウス派異端から正統派のアタナシウス派に改宗させた聖者で、ランスの町には代々フランス王の戴冠式を行う教会が建てられた。代々の王の墳墓もこの教会にあり、藤田嗣治が晩年に作った小教会もこの地にある。なお、ドンレミは聖女ジャンヌ・ダルクの生まれた町として有名である。マルティヌスはフランスの守護聖人で、元来ハンガリー出身のローマ騎士であったが途上で乞食に出会い、施す金が無かったので纏っていたマントを半分に切り施したところ、その夜の夢で乞食がキリストの化身だったと告げられ、宣教に身を捧げることとなったという伝説が残されている。この時に手許に残った半分のマントを収める為に作られた小礼拝堂がチャペル（chapelle）と呼ばれるのはラテン語でマントを表すカッパの縮小語カペラに遡る。

最初の殉教者として記録が残るのは一五六年にスミルナで殉教したポリカルプスで、その聖伝は十六世紀に邦訳された聖者伝集『さんとすの御作業』の中にも「サンジョアンエワンゼリスタの御弟子なるサンボリカルポのマルチリヨのこと」として載っている。カトリック教徒の間に聖者崇敬が広まったのは四世紀頃からで、最初は殉教者を崇めていた。キリスト教が国教となると殉教者は少なくなるが、その行為や徳によって殉教聖人と同格と認められて聖人とされるものが出て来る。各地に建てられた教会は聖人の庇護を祈って命名され、信者も聖人にあやかって名を貰い加護を期待する。十六世紀の宗教改革以後の新教徒は聖者崇拝もマリア崇拝もしないので旧、新約聖書に出て来る名や聖書をラテン語に翻訳したイエロニムス（ジェローム）などの名をえらぶのが普通である。

聖人には奇跡が付き物だがこれは神の力の現示であって聖人の力ではない。従って奇跡も個性的なものではなく、多くの聖人が同じ奇跡を行う。聖人の命日は天国への誕生日として祝日とされる。洗礼をうけて聖者の名を貰い、住んでいる村落から通りの名前まで聖人にあやかり加護を望んでいた様に、中世ヨーロッパの生活は多くの聖人に囲まれていた。職業団体にもそれぞれ守護聖人があった。一年がキリスト降臨を待つ「待降節」に始まり、クリスマス、復活祭、聖母の被昇天（八月十五日）などに節付けられ、毎日が数人の聖人の祝日とされているから、遠い神より聖人が親しまれたのは当然であった。十三世紀にはフランシスコ会の努力もあってマリア崇敬が盛んになった。教会は、聖遺物や聖人、聖母は信仰の「つて」であって聖母崇敬は認めても信仰の対象ではないと繰り返したが、一般信徒は地母神に代わるマリヤや身近な聖人に寄り縋っていった。しかし教会に聖人像が現れるのは十二世紀以後といわれる。

教会は聖人認定にも慎重であり、宗教改革以後はカトリック教会側にも俗信を排除する運動が起こった。なお、日本にキリスト教を齎したイエズス会はこの「反宗教改革」の運動の一つとして起こった宗派であることを考慮しなければならない。十三世紀から盛んになった聖母マリア崇敬はカトリックでは重要なものだが、聖母が原罪なしに生まれたとする「無原罪の御宿り」がカトリック教会によって教義として認められたのは一八五四年になってのことである。原罪が無ければ聖母が死後土中に留まることも無いので天に挙げられたと考えられたのも四世紀のアンティオケア以来であったが、教義として認められたのは二十世紀も一九五〇年になってのことであった。

最近の分子生物学の発展で身体と魂というデカルト以来の二元論が基礎を危うくされ始めているのは死後の魂やキリストの復活を教義の基礎としているキリスト教、ユダヤ教、イスラーム教にとっては一大危機である。既に個々の人間は遺伝子の乗り物に過ぎないと『利己的な遺伝子』（*The Selfish Gene*, 1976）で論じたりチャード・ドーキンズは二〇〇六年に『神という妄想』（*The God Delusion*, Bantam Press 2006）をあらわして多くの論争を引き起こしている。

理性的には不可視である神であっても目に見えるものを崇めたいというのも人間の本性に基づくものなのであろう。丁度モーセによって伝えられた神の十戒が殺人を禁じていても、それを奉ずべきキリスト教徒とイスラームが戦い殺し合うことが止められないように。

（『アジア遊学』一一五号　勉誠出版「一神教と聖者崇拝」を転載）

ファーブルと博物学

ファーブルの名は、日本人にとても親しみをもたれている。『昆虫記』といえばファーブルというのはわれわれの常識にもなっている。

ファーブルの名は、彼の生きているうちから、薄田泣菫《すすきだきゅうきん》、賀川豊彦などの筆によって紹介されているし、大杉栄が『昆虫記』の邦訳の第一巻を大正十一年に刊行してフランスにおもむき、翌年春に帰国して関東大震災（一九二三年）にあい、惨殺されたこともよく知られている。大杉ははじめ『昆虫記』を、昆虫別に編纂しなおした英訳本によって翻訳しようと考えたようだが、一九一九年に絵入り決定版が出版されたことを知り、それによって全訳する心づもりになった。彼がファーブルをどう知ったか、また翻訳にいたるまでの経緯については大杉訳の序文にくわしい。

大杉が訳しはじめた『昆虫記』は、友人たちの手によって続行され興文社から刊行された。昭和五年から岩波文庫で山田吉彦・林達夫訳が刊行されはじめると、興文社は大杉によってはじめられた『昆虫記』十巻本を再刊し、昭和十年には普及版を刊行している。岩波文庫版は昭和二十七年に二十分冊として完成され、現在では十冊となって読みつづけられている。昭和十二年からは主として、フランス文学専攻者による『昆虫記』の全訳十巻も、アルス社から刊行されている。

『昆虫記』は国語の教科書にも抜粋され、そのほかに抄訳、児童むきに訳されたものもいろいろあり、伝記も古典的なルグロ博士によるもの、最近のイーヴ・ドランジュのものまで邦訳されている。山田吉彦はじめ多くの日本人による伝記も出版されている。子どもむきに書かれたファーブルの伝記もいろいろある。

これに反してフランスでは「ファーブル」といっても、われわれに親しいジャン・アンリ・ファーブルをすぐ思い浮かべるフランス人は、滅多にいない。ファーブルという名はラテン語の faber（作る人）にさかのぼり、中世にはとくに「鍛治屋」を指していた。日本での田中、伊藤のように、ありふれた名字で、とくに南フランスに多い名なので、小説家フェリシアン・ファーブルとか、画家フランソワ・ファーブルとかを思い浮かべる人が多い。

フランスは北国で北海道ぐらいの位置にあり、東京は緯度では北アフリカのアルジェくらいになる。生活を取りまく虫の数も圧倒的に日本のほうが多く、季節とともに思い起こされる蛍《ほたる》、鈴虫、蜻蛉《トンボ》、夏の蝉時雨《セミしぐれ》など、われわれには親しいものだが、多くのフランス人、とくにパリ周辺など北フランスの人はあまり虫に関心がない。パリでは蝉も鈴虫も鳴かない。ファーブルに対する日本とフランスの関心の違いにはフランス人も驚かされるようで、近年、二冊本として復刊されたブーカン・シリーズの『昆虫記』巻末の書誌では、日本でだされたファーブル関係の書誌はわざわざ別だてになっている。それだけ件数も多いということだろう。

ファーブルと産業革命

ジャン・アンリ・ファーブルが生まれたのは、一八二三年で、わが国の文政六年にあたる。明治維新の四十五年前で、フランスではフランス革命の四十四年後になる。一七八九年にはじまるフランス革命は、一七九三年にルイ十六世と王妃マリー・アントワネットを今のコンコルド広場に設けられたギロチン台で首を刎ね、王制を倒したあと諸外国から攻撃を受け、内政でも混乱がつづくがナポレオンが収拾し帝政をしく。このナポレオンの第一帝政もワーテルローの戦いでイギリス軍に負けて一八一五年に終わり、王制に復帰していたときだった。

その後のフランスも一八三〇年の七月革命、一八四八年の二月革命をへて、一八五二年にはクーデターでナポレオンの甥ルイ・ナポレオンが帝位について第二帝政をはじめ、一八七〇年の普仏戦争でプロイセン軍の捕虜となって退位し、やっと共和制に戻るが、パリではパリ・コミューヌを経験するなど政治的な動乱期をへて第三共和制となり、一九一四年にドイツと戦うことになる。その開戦の翌年に、ファーブルは九十二歳で、生涯を閉じるのである。

他方この期間に社会生活もたいへんな変化を遂げた。それまで、動物、風力、水力などの自然のエネルギーを使っていた人間は、蒸気の力を発見することとなり、風の力を動力にしていた帆船であった軍艦さえ、蒸気機関を使うようになる。汽車が馬車にとってかわり、水車、風車にかわって蒸気機関が使えるようになって、鉱山の湧水も蒸気機関で排水できるようになり、石炭の採掘が進みそれまでの薪に石炭、コークスがかわった。灯りも蝋燭《ろうそく》からランプに、鯨油から石油にかわっていき、電気の時代に到達する。こうして農業社会が工業社会に移行していったのであった。

この変化は日本では「文明開化」といわれ、ヨーロッパを追って近代化の道を歩んだのである。ファーブルの生涯は半世紀をへだてながら明治の日本人の変化と背景を等しくしている。蝋燭がランプにかわったように、明治の日本でもあんどん、蝋燭はランプになりガス灯がともされ、電気にかわっていったのである。

水蒸気の研究をして、本当の蒸気機関を発明したジェイムズ・ワットは、炭鉱の湧水の排除や通風に使われていたニュウコメンの蒸気機関の模型の修理を依頼されたことから、この新しいエネルギーを得ることができたのである。そしてヨーロッパ文明は、急速に成長した。イギリスでは一七六〇年ごろから始まり、後に「産業革命」と通称されるようになったこの変化は、フランスが革命に明け暮れているあいだも進展したが、フランスにも拡大するには、ルイ・フィリップ王の一八三〇年を待たねばならなかった。この一八三〇年には、イギリスの紡績業がインド紡績業を壊滅させ、フランスはアルジェを陥落させている。

蒸気機関の発明で石炭採掘が容易になった。薪、木炭は石炭、コークスにかわり、製銅、製鉄の技術も進み、紡績機械、汽車、汽船、機械化された工場の発展によって、イギリスはアメリカ、アフリカから東洋に触手を伸ばすようになり、一八四〇年には「阿片戦争」で香港をイギリス領とした。

ストックトンからダーリントンのあいだの六三キロメートルを、ロコモーション号という蒸気機関車が貨物と客を乗せた三十五輌を引いて走ったのは、ファーブルの生まれた翌年の一八二四年であった。これは時速十五キロだったが、一八二九年に、スティーブンソンのロケット号が、客車は一輌であったが、時速四〇キロでリヴァプールからマンチェスターを走った。その前年にはフランスでも、サン・テティエンヌとアンドレジユ間を貨車が走っている。ルイ・フィリップの七月革命以来、フランスでも工業化が進められ、一八三二年には、このあいだを人をのせて走るようになり、一八三四年に、この線はリヨン市にまで延長されている。日本でも一八七二年（明治五年）に、新橋と横浜間に汽車が開通している。ファーブルの生涯はこのような科学技術の発展を背景に理解しなければならない。

『昆虫記』に読む生い立ち

ジャン・アンリ・ファーブルが生まれたのは、フランス南西部の山中のサン・レオンという、当時の人口は四百人くらいの小さな村であった。今も生家が残っていて、小さなファーブル記念館も建てられている。翌年に弟フレデリックが生まれると、ジャン・アンリは、ここから二〇キロほど離れた父方の祖父の家に預けられ、七歳になるとサン・レオンに戻って小学校にいくこととなるが、授業中にも子豚の群れや鶏が入って来る私塾のような学校であった。九歳になると、父はこの村での生活に見切りをつけ、町に出て一旗揚げようとして、県の中心地のロデスの町に一家で移住して、カフェを開いた。このころの窮乏生活については、『昆虫記』第二巻一九章「沼」で、家計の足しに家鴨《アヒル》を飼う話で触れられている。

村でも珍しく読み書きのできた三十三歳の父アントワーヌは、これからの生活ではちゃんとした教育を受ける必要を痛感していたのであろう。息子をロデスの王立中学校に、授業料免除で入れてもらうことに成功した。ここでジャン・アンリは、しっかりとラテン語などを仕込まれたのであった。

父のカフェは成功せず、ロデスからオーリヤック、ついでトゥールーズへと移住を余儀なくされるが、トゥールーズではエスキーユ神学校に無料で受け入れてもらうことができた。しかし父の事業は成功せず、プロヴァンスのモンプリエに移るが、ジャン・アンリが十五歳の時、一家は離散して、ジャン・アンリも自活しなければならなくなった。回想録である『昆虫記』には、楽しくない想い出は書かないことにしているようで、レモンを売ったり、鉄道工夫をしたりした苦労話はでてこない。

このころ、ファーブルはアヴィニョンの町で、師範学校が奨学生を募集していることを知り、応募して一番で合格した。王立中学校や神学校でしっかり勉強したことが報いられたわけである。革命期までは教育はカトリック教会が独占していたのだが、人権宣言以後、政府は理性主義の公民教育のために、教会の教育独占を崩そうと努力し、各地に師範学校を開いて、教師の養成に力を注いでいたのであった。宿もなく職にも事欠いていたファーブルは、こうして三年間の宿舎と食事が確保された。ところが授業の程度は大して高くなく粗末なものであった。ファーブルは『昆虫記』の最終巻となってしまった第一〇巻の巻末で、当時の学校の有様を描いている。

入ってみると同級生たちの多くは、まずフランス語の綴りを正しく書くのに苦労していた。大部分の生徒は南フランスのプロヴァンサル語を常用していて、標準フランス語は外国語のようなものであった。ファーブル自身もまず身につけたのは、フランス西部の方言、オクシタン語であり、後年にはプロヴァンサル語で詩作もだしている。

プロヴァンサル語をフランス語にならぶ立派な言語として認めさせようと努力し、同志とフェリーブリージュ運動を一八四五年に起こしたのは、フレデリック・ミストラルであった。彼の傑作『ミレイユ』はグノーによって一八六四年にオペラ化され、彼の名を広めた。鷗外は彼の名小品『蛙』を訳している。その詩作品でノーベル文学賞を一九〇四年に受けたフレデリック・ミストラルは、のちにファーブルの友となり、有力な後援者になるが、プロヴァンサルもオクシタンもフランス語もともに俗ラテン語にさかのぼる。

同級生はフランス語の綴りを覚えるのに手こずっていたが、神学校でラテン語を身につけていたファーブルにとっては、師範学校の授業はやさしいものだった。生活の心配がなくなったファーブルは、授業中にこっそり雀蜂《スズメバチ》の針や夾竹桃《キョウチクトウ》の実を調べたり、休日には野原を歩きまわったり、詩集を読み耽ったりしたので、たちまち成績はさがり、二年生のときは劣等生となって怠け者あつかいをされた。奮起したファーブルは校長に頼んで三年生の授業も一緒に受けさせてもらい、学年末には一年早く師範免許を手に入れた。ファーブルの資質を見抜いていた校長は、ファーブルにラテン詩人ホラティウスとウェルギリウスを読むことを勧め、古典ラテン詩の滋味を味わわせたりギリシャ語・ラテン語対訳の『キリストのまねび』（日本でもカトリック宣教師にもたらされ十六世紀に『こんてんぷすむんぢ』として邦訳刊行されている）をあたえたりした。ファーブルはこの対訳を読むことでギリシャ語を身につけた。

追憶は追憶をよぶ

第一〇巻を書いたとき、ファーブルは八十歳を越えていた。「幼時の想い出」と名づけた第一九章で、彼自身も「年を取ると昔のことを反芻したくなるものだ」といっている。この章で幼時の想い出を語りだす。小鳥の巣のなかに真っ青な卵を見つけ孵ったら雛をとりに来ようと思いながらも、卵をひとつだけ採って戻る途中で司祭に出会い、それが「のびたき」の卵だと教えられた。司祭はファーブルに、害虫を取ってくれる小鳥の巣を荒らしてはいけないと戒めた。ファーブルは鳥に名がついていることを知り、すべての事物に「名」があることを発見した驚きを語っている。のちにラテン語を習って「サクシコル（のびたき）」とは「岩に住むもの」という意味だと知ることになる。

こうしてファーブルは、少年時代に去って戻ることのなかった生地、サン・レオンの野原や小川をみずみずしく回想する。晩年の住処となったセリニャンでも、いろいろな茸《キノコ》に惹かれ画譜に留めた想い出を語り、このうずたかく積まれた水彩画の山も、自分が死んでしまえば物置から物置へと移されていくうちに鼠に齧られたり、子どもの折り紙に使われたりして消えていくだろうと、寂しい予想でこの章を終えている。この画譜が大事に保存され、原色のまま複製されるばかりか、遠い日本でも刊行されていることを知ったら、どんなに嬉しく思ったことだろう。

つぎの二〇章で茸と昆虫の依存関係をあつかったファーブルは、二一章では生涯に受けた忘れ難い重要な二つの「授業」について語るのだが、幼児から興味を惹かれ、晩年まで観察をつづけた茸については未だいろいろ語りたかったのだろう。この章は「茸の話は残念だがここで止めよう。茸についてはまだ研究すべきことがいろいろ残っているのだが」とはじまり、とくに茸にはアルカロイド系物質が含まれているのではないかとして「アルカロイドを分離して、それらの性質を徹底的に調べられないだろうか？　キニーネ、モルフィネなどのように医学がわれわれの惨めな苦痛を和らげるのに使えるものが見つけられないとは誰がいえようか」といい、根気の要る化学研究をやりたいが、もはや自分には時間も手段もないと嘆き「いや構わない。もうちょっと、化学の話をしよう。ほかに良い方法もないので古い想い出を呼びだそう。虫の話にだんだん歴史の話が割り込んできても、読者は許して下さるだろう。老年というものははなやかだった昔の日々の想い出に浸りたがるものなのだ」と繰返し想い出話をする許しを乞い、アヴィニョンの師範学校での授業がどんな物だったか、そこでいかに化学を「発見」したかを回想している。

重要な「二つの授業」のひとつはコルシカ島で教師をしていたとき、自宅に泊めた生物学者モカン・タンドンから受けた解剖学の授業で、食事の後の食卓の上で、縫い針でかたつむりの解剖を見せてもらったことであった。もうひとつは化学で、それも教師が酸素を発生させようとして事故を起こしたことがきっかけであった。

師範学校での科目は算術と代数の初歩と断片的な幾何、三角や、雨、霧、雪、風など農夫が知っていたほうが良いと思われるものに限られ、体系的な学問ではなかった。化学という単語は知っていたが、思い浮かべられるものは、尖った三角帽を冠って、魔法の棒を持った妖術師だった。いろいろな本のあちこちでえた知識では、実験も見ないので良くわからなかったので、化学とは元素を分離したり、くっつけたりするどんちゃん騒ぎのように思われた。高校の物理、化学を教えていた名誉教授が、時どき学校に現れたが、ある日師範学校の先生が学年末の贈り物に酸素をつくって見せてあげようといいだし、ファーブルたちのクラスを高校の化学教室に連れて行ってくれることになった。木曜は休日なので実験のあとは散策にでかけるということでちゃんと着替えて三十人ほどで化学教室にそろってでかけた。

化学教室はもとは教会堂だったので広く、壁は裸で声が良く響いた。ステンドグラスの窓から光の入って来る部屋の真ん中には、薬品で染みだらけの大きな机が据えられていて、その上に木箱があり、水がいっぱい張ってあった。箱のなかに鉛をはりタールで水漏れを防いでいるのである。これは気体採集のためだなとすぐわかった。先生は実験の準備をはじめレトルトに紙の漏斗《じょうご》で黒い粉薬を入れ、それが二酸化マンガンだと説明をはじめた。生徒たちは机のまわりに群がったが、こういう騒ぎを好まぬファーブルは、魔法使いの洞穴を見聞する良い機会だと思いながら、教室の奥にならんでいるいろいろな炉や奇妙な形のガラス器、薬品の詰まった瓶のラベルなどに気を取られていた。突然、ドカン、という爆音と叫び声が聞こえた。レトルトが爆発したのだ。ファーブルが実験台にかけつけると、壁は硫酸で染みだらけで、級友たちもあちこち火傷をして泣き叫んでいる。先生の洋服もぼろぼろになっている。顔に硫酸を浴びた生徒をそとの水道まで連れだして、目を洗ってやったりして騒ぎは収まったが、酸素どころではなかった。

実験は失敗だったが、この授業はファーブルには重大な出来事だった。化学への糸口をつかんだのであった。彼はいっている。「教育で最も大事なことは何を教えるかではない。教えられたものは十分理解されるかどうか分からない。教育とは生徒のなかにひそんでいる能力を呼び覚ますことだ。眠りこんでいる爆薬の点火薬だ。私の心のなかで点火薬が発火した。いつか私は自分で、今日は運悪く手に入れられなかった酸素を手に入れてみよう。いつか先生なしでも化学を覚えよう。そしてもっと多くのほかのことも……」

すべては独学で

一年後にカルパントラスの高校に十八歳で赴任したファーブルは、一年目の想い出を『昆虫記』第一巻の第二〇章「ドロヌリハナバチ」に記しているが、ロモンのラテン語初歩読本にも歯が立たない劣等生たちが、ファーブルのところにきて、フランス語の綴りを習うのであった。生徒には机もなく、膝の上にノートを広げる有様で、学力はまちまちなのに、先生にいたずらをするには気を揃える生徒たちのなかには、ファーブルと年が違わないどころか年上の子もいた。幼い生徒にはペンの持ち方、字の書き方、単語の読みを教え、こちらでは分数の不思議から ピタゴラスの直角三角形の定理を教えたりする初年度だったが、助手がきて、クラス分けが行われたり、生徒も机を貰えるよう改善されていった。この学校で気圧の原理も知らない老司祭が晴雨計の説明で、生徒にからかわれたりする有様や、野外に生徒を連れだし実地に幾何学を応用し三角測量を教え、かえって生徒から地中の左官蜂《サカンバチ》の蜜をストローで吸うことを教わったりする新米教師の姿がみずみずしく描かれているこの章は何度読んでも楽しい。

助手に任せて初歩の生徒たちから解放されたファーブルは、生徒たちに何を教えたら良いか考えた。「化学」を教えよう。生徒は大きくなれば農夫になるか職人になる。土は何からできているか、植物は何で育つのか、塩とは何なのか、蒸留でアルコールをどうして取りだすのか、ハンダづけはどうしてできるのか、といった知識には化学は役に立つ。ファーブルは実験道具を使う許可を校長に頼み、まず酸素をつくる実験をしようと考えた。本を読んだだけの知識でこの実験に成功し、ついでは水素をつくって見せ塩素や燐の実験をして、この学校に生徒が多くくるようになり、校長を喜ばせた経緯は第一〇巻の「忘れ難い授業」に詳しい。初めてつくった酸素に自身興奮しながらも、いかにもこんなことには慣れているという様子を生徒には見せた十八歳の教師ぶりなども微笑ましい。この実験を成功裡に終わらせ器具を片づけたときには、「背が二〇センチも伸びた気がした」と述べている。

ファーブルは、化学も独学で学び教えながら身につけていったが、数学も独学で教えながら学ぶことに熱中した。『昆虫記』第九巻一三章「ニュートンの二項定理」のなかで、数学学習の動機と方法について、これも生き生きと語られている。土木学士の免許を取りたいという同年代の青年から代数を教えてくれと頼まれたファーブルは、代数を学ぶ良い機会だと思い、まったく知らない代数学を教えることを引き受けた。同僚の部屋に忍び込んで、代数学の厚い本を無断借用したファーブルは、一夜漬けで教えはじめるとともに、数学の魅力に目覚める。生徒が首尾よく合格すると、今度は兵隊あがりの同僚が数学のバカロレアを準備しているのを知った。ファーブルはこの人に「解析幾何学」を教えてもらうように頼み、いっしょに勉強しはじめるが、いつの間にかファーブルのほうが先生のようになり、いっしょにモンプリエ大で試験を受け、ふたりとも合格する。

前年には文学バカロレアをとっていたファーブルは、この時二十三歳であった。結婚して長女を失ったところでもあった。さらに進んで「数学士」の試験を目指そうと相棒にもちかけたが、知識の追求より単なる「資格」を求めていた相棒はここで降り、ファーブルは独りで勉強をつづけ、翌年「数学士」の試験に合格する。この勉強をするのに使ったインクに汚れた粗末な胡桃材の「小さなテーブル」は、『昆虫記』第九巻一四章の題となっているが、ファーブルの学問に対する態度、数学の抽象的思考が、いかに彼の支えとなったかを語って味読に価する章となっている。この章が教科書などに、たびたび抜粋されているのも当然であろう。

文学士の試験にラテン文学、ギリシャ文学が課せられることに、若いころは憤慨したが、博物学者にとっては「井戸から裸ででてくる真理」に修辞学も大切なことを「数学の想い出」で述懐している。

フランスの教育のなかで古典語の占める位置は、かつての日本の漢文を思わせる。教育とは長くラテン語の読み書きを教えることであった。大学でも博士論文はラテン語で書くこととされていて、フランス語で書くことが許されても、ラテン語による副論文の提出が義務づけられていた。フランス語のみでも良くなったのは、十九世紀も末になってからであった。文学史といえばギリシャ、ラテン文学史で、パリ大学でフランス文学史の講座が初めて置かれたのは、ヴィルマン、ニザールたちによるもので十九世紀も中葉のことであった。

ナポレオン三世のもとで文部大臣を勤め、ファーブルを庇護したヴィクトール・デュリュイは、視学官としてフランス各地をまわったが、ある時、教師に指名された生徒がラテン詩を読み、たどたどしく訳すのを見た。デュリュイがこの生徒に将来なにをするのかと聴くと、頑健そうなこの生徒は、父の跡をついで農夫になると答えた。デュリュイはローマ史の大家であったが、学校教育が古典語教育に傾き過ぎていることを痛感し、初等、中等教育はもっと実際の生活に役立つことを教えるべきだと考え、フランスの義務教育制度と女子教育の育成に努めることとなる。

このデュリュイの考えはファーブルの共有するところで、ファーブルは将来農民となる生徒たちのことを考えて、一八六二年に『農芸化学』という教科書を出版する。これが彼のはじめてだした本で、はじめは自費出版であったが、アシェット社で版を重ねた。この教科書に目をつけたのが若いミシェル・ドラグラーヴで、自分の出版社を興しファーブルに多くの教科書を執筆させたばかりか、後年『昆虫記』も出版することになる。先見性に富んだドラグラーヴは、小学校の義務教育化で学校建設が盛んになることに目をつけ、教科書、参考書の刊行とともに学校用机、椅子から書棚などを製産することもはじめている。ファーブルも「小さな机」から頑丈なテーブルで仕事ができるようになり、標本戸棚や書棚もドラグラーヴから提供されている。

デュリュイとファーブル

『農芸化学』は、われわれが無意識に呼吸している空気が何でできているのか、植物に水をやるのはなぜなのかから、土の性質、肥料の問題などを化学の面からやさしく解き明かす教科書で、なぜ輪作が必要か、なぜ手近にある鶏糞より、遠くペルーまで船を出してグアノを取りに行くのかなどを、化学の面から説明し、アンモニアから硫黄、燐にまでおよんでいる。執筆当時はコルシカ島から戻って、アヴィニョン中学の物理、化学の教師になっていた彼が、小学生用に書いたこの教科書は大変好評を博し、十二版を重ね、彼の死後一九二五年になっても再刊されている。「経験は知識に勝る」とはじまる最終章で、「本当にしっかりした知識を身につけるには、実地に手を下して見なければならない」といっているのは、ファーブル終生の信念であったろう。のちに『科学物語』の主役となり、『産業』、『田園物語』の語り手となる「ポール叔父さん」も、第一八章に姿を見せている。ファーブルの全著作の解説目録をつくったイーヴ・カンブフォールは、デュリュイがファーブルに目をつけたのも、この教科書を読んでのことだったろうと推測している。

数学に熱中していたファーブルに動植物研究を主にすることを勧めたのは、ファーブルがコルシカで自宅に泊めたモカン・タンドンであった。一八七九年に『昆虫記』の出版が始まるのは、五十二歳で退職して、オランジュ郊外のアルマスに落ち着いてからで、昆虫研究の成果を専門雑誌に発表はしていたが、単行本としてそれまでに出版した本の大部分は物理、化学、数学の啓蒙書であった。初等、中等教育に長く従事したファーブルは、わかりやすく上手に解き明かし、好奇心を目覚めさせるのにたけていた。『大地』、『空』、『植物の話』などドラグラーヴの危惧にも関わらず、予想以上の読者をえた。絵入りの大型本をだしたかったファーブルは、『薪の話』（邦訳『植物記』）をガルニエ社から出版したが成功せず、下巻は刊行できなかったので、花、花粉、果実については、九年後にドラグラーヴ社から小型本でだした『植物の話』まで待たねばならなかった。ドラグラーヴ社からだした本は皆、新書版ほどの小型本であったが、一八八一年にドラグラーヴは『発明家の仕事』をはじめて絵入りのオクターヴォ版で出した。ファーブルは楽しんでこの本を書き、ドラグラーヴも原稿を読んで大型本で刊行する気になったようだが、十九世紀文明を支えた産業のもととなった科学の発達を語るこの名著も、出版社の期待したほど成功せず、二年後に再版されただけで終わった。

『発明家の仕事』は比重の話をアルキメーデースからはじめ、気球におよび、蒸気機関には二八章を、当時未だ発達途上であった電気については、四三章を当てて電気鰻からガルヴァニ、ヴォルタ、ライデン、フランクリンと辿って磁気、電信などまであつかっている。この本の最後の三章は写真術の発達を解き明かしている。電信の話でカエサルの『ガリア戦記』の遠隔通信にさかのぼったように、写真では太陽光線が日焼けを生じることなども、友人の手を背中に当てさせ白く残った跡をムハンマドが現れて叩かれた跡だと偽って、アラブ人に厚遇されるユダヤ人の逸話などでおもしろく理解させようとしている。ニエプスの発見、ダゲールの寄与などからえた画像をどう定着するか、ガラス板から紙に映像を定着することにタルボットが成功したこと、いかに露光時間を短くするかなどの苦労を辿り、現像液、定着液などの作り方まで化学書として詳しく説明している。

ニエプスが写真術を発明したのは一八二九年で、ファーブルは当時六歳だった。アラゴが化学アカデミーでダゲールの写真術を紹介したのが、一八三八年、タルボの紙印画紙がその翌年であるから、『発明家の仕事』刊行のわずか四十年前のことになる。六十四歳で再婚したファーブルに息子ポールが生まれたのは翌年で、このポールは六歳のときに夜九時ころ、ほとんど裸で飛び込んできて、蛾が部屋で乱舞しているとファーブルに知らせ、一連の実験をさせることになる。オオクジャクガが雌を目指して遠くから引き寄せられて来るのがなぜかを調べるため、いろいろな実験を行う有様は『昆虫記』第七巻の最後の三章に詳しく、ファーブルの思考法を如実に教えてくれる。ポールは晩年のファーブルの良き協力者となり、写真家となってファーブル一家の貴重な映像を残し、今回刊行される昆虫写真集を父の指図にしたがってつくることとなる。

ひとつとしておなじ物がない昆虫の微細な具体的違いが見分けられる目を持ったジャン・アンリ・ファーブルは、抽象のなかにしか存在しない数学、異なる物質を元素にまで分解し、物体の構成や元素の相互作用を解き明かす化学にも精通する科学者であった。

ファーブルの邦訳

冒頭にも述べたが、大杉栄によってはじめられた『昆虫記』の翻訳以来、ファーブルは日本の古典となった。

『昆虫記』は昭和五年から岩波文庫で刊行されはじめ、昭和二十年に完結し、現在まで読みつづけられている。現在、新しく奥本大三郎訳が集英社より刊行中で、完成も間近になっている。これにならんで読みつづけられているのは、『科学物語』の題で知られる『ポール叔父さんの科学』で、アルス社の『ファブル科学知識全集』にも、第四巻として、安成二郎訳で入っているが、昭和二年に冨山房からでた前田晁訳が、『模範家庭文庫』の一冊としてで、昭和十三年には『冨山房百科文庫』に入り、戦後も一九八三年に木鶏社から昭和二年の版が再刊され、二〇〇〇年には改版、二〇〇五年には新装版となって読みつづけられている。ポール叔父さんがふたりの甥とひとりの姪に身の回りのことから自然現象などをおもしろく解き明かしていくもので、長く独学で物理や化学の先生をして暮らしていたファーブルの、広い知識と教師としての優れた資質を示す名著といえよう。この原書は一八六九年に『お話の本、ポール叔父さんが甥たちにする科学の話』という小型の本だったが十九版を重ね、ファーブルの没後の一九二六年に『ポール叔父さんの科学』の題で大型本となって再刊され、一九三五年に再版されている。表紙には甥、姪に囲まれたファーブルの姿が描かれている。

フランスでのファーブル復活

フランスでは昭和十年ころから『昆虫記』をのぞいてはファーブルの本が刊行されることはなくなっていたが、一九八一年にイーヴ・ドランジュ著『ジャン・アンリ・ファーブル、昆虫を愛した人』（邦訳『ファーブル伝』平凡社刊）がラテス社から刊行されると、このリプリント版を一九八六年にだしたスラトキン社が『発明家の仕事』のリプリント版を出した。一九八九年にラフォン社がブーカン叢書で『昆虫記』を二巻本としてだし、一九九六年にはファーブルの生地アヴェロン県が『薪の話』と『植物の話』を出版し、ドラグラーヴ社からイーヴ・カンブフォール氏による詳細なファーブル書誌とシャルル・ドラグラーヴとファーブルの往復書簡が刊行され、ファーブルの生地サン・レオンにミクロポリスという斬新な昆虫博物館もひらかれ、ファーブルの復権がはじまっている。

二〇〇八年は日仏通商条約が調印されて百五十年目にあたり、「日仏友好一五〇年」が祝われる。地味ながら常に広く愛読されてきたファーブルと息子ポールの共作が、日本で再刊されるのも意義深いことであろう。

（『ファーブルの写真集　昆虫』新樹社、二〇〇八年
収載の「ファーブルと写真」を転載）

日本学の創始者レオン・ド・ロニ

フランスにおける日本学の創始者であるレオン・プリュノル・ド・ロニについては既に多くの論考がある。文久二年（一八六二）、二世紀半振りでフランスに上陸した日本使節と接触し一行中の洋学者たちに貴重な情報源となったことでも知られ、一行の一人であった福澤諭吉がパリで買った手帖にははっきりとロニの筆跡が残されていて我々は『福澤諭吉全集』第二十二巻にある写真版なり福澤諭吉協会刊行の『西航手帳』の複製で眺める事ができる。

慶応三年にパリで『世のうはさ』と題した日本語の新聞を出したことも良く知られているし、福澤のみならず栗本鋤雲、福地源一郎、成島柳北、松村淳蔵などもロニについての言及を残している。

最近発見されたロニ自身による貼込み帖からはロニあての福澤、松木弘安、福地桜痴などの書簡が出て来て日本人との交遊振りに新たな光が投じられている。特に松木弘安が在欧中は勿論、帰国途上の各寄港地から出した手紙は思い付くままに屈託なく書いたものであるのに、その後寺島宗則となって数度ヨーロッパに戻ってからは殆ど交渉が絶えている様に見えるのも興味をひく。

明治元年（一八六八）にパリ東洋語学校日本語科の初代教授に任命され、明治四〇年（一九〇七）定年で退職するまで日本語を教えた。明治十六年には日本政府から勲四等旭日小授章を授与されたことも知られている。幕末から明治初期の日本人にとって、日本に興味をもち日本語を解するロニは貴重な存在であった。若いロニに対しては好意的な評価が多いのに反し中年以後のロニは日本人に敬遠されはじめ、フランスの学界でも必ずしも評判が良かったとはいえない。ロニは著作も多く、パリ国立図書館の『印刷本カタログ』では二段組で十五ページ、二百二十二項目が挙げられている。内容も日本文化、養蚕術、中国文学、仏教からアイヌ、セム語、マヤ文明、アルジェリアの農業などにまで多岐にわたっている。最近の『大英百科事典』にも項目として名を留め、草創期の日本学者として記憶に留められているのであるが、学者としての評価は必ずしも高いとはいえない。むしろ日本マニアとして扱われ、確かにそうした面も強いのであるが、それは後進に追い抜かれる宿命を持つ開拓者の悲劇でもあった。

ロニがパリで一八七三年に開いた第一回国際東洋学者会議から丁度百年たった一九七三年にフランスの《アジア協会》La Société asiatique は同協会の創立百五十年記念に『アジア協会雑誌』*Journal asiatique* の特集号『フランス東洋学の五十年』*Cinquante ans d'orientalisme en France*（1922～1972）をだしたが、その中に日本学史を執筆したベルナール・フランク氏はフランスの日本研究が中国研究、インド研究の水準に比べて遅れをとったことを指摘して、「多分これは、ノエル・ペリ氏より前に日本に赴いたフランス人のなかに真に学者の素質の有る者が無かったこと、一八六三年に（公式には一八六八年）東洋語学校に日本語講座を開き、一九〇七年まで教授でいたレオン・ド・ロニ（一八三七―一九一四）が、スタニスラス・ジュリヤンの弟子であったにも拘らず、厳密さというよりは寧ろ想像力に恵まれた学者であったことに基づくものであろう。雑駁な知識に満ちているが、白状すれば中々魅力も無いわけではない、この奇人の業績からは、今日では、最早多くのものが得られるとは到底思われない。これに反して、彼と時代を同じくし、東洋語学校の講座に不幸にも就けなかった対立候補レオン・パジェス（一八一四―一八八六）の業績である和仏辞典の重要さはもっと強調するべきである」と述べてロニに責任の一端を負わせている。

事実ロニは明治になり日本人がフランスに来られるようになり、書籍も得られる様になると日本語の習得に熱心さを失った様に見える。仏教が彼の興味を捉えこれは後述するが社会的にも物議をかもしたりもしたようである。

尾佐竹猛によると「明治七年五月の『郵便報知新聞』には嶋地黙雷がパリでロニーと交際して仏教の教理を説いたところ、ロニーが真宗の教義に心酔して、是非寺を一つパリーに御建てなさい、自分が率先して同志にすすめて賛成するやうにしようと言つた話」が出ているという。後に真言宗各派連合総裁となり高野派管長となる土宜法竜が、一八九三年シカゴの万国宗教大会に参加した後でヨーロッパに廻った時、ロニとも交際があったらしいことが織田万の回想から窺われる。

エスマン夫人によって一九八四年に所在が明らかになったロニの蔵書には十二冊に亙る仏教関係の新聞、雑誌からのロニ自身によるスクラップブックが見出された。今まで捉え難かった中年期以後のロニの姿はこれらの新資料によって今後明らかになって来ることと思われる。

ロニについて最も厳しい評価を残しているのは明治三十年から三十一年の一学年間東洋語学校でロニの下で講師を勤めた織田万博士であろう。織田万は日本における体系的行政法研究の創始者とされ、留学後、京都大学法学部教授となった。『清国行政法』の編者としても知られるが大正十年から国際司法裁判所判事を兼職し、昭和三年には仏文で『日本行政法原理』を出版した知仏派でもあった。昭和十二年の『国際知識及評論』六月号に五十二歳の織田は二十代の終わりの留学中に知り合ったロニの思い出を寄せているが、ロニに対する評価は厳しいもので若い日の憤懣のほとぼりが感じられる。冒頭を引用してみよう。

「レオン・ド・ローニーは私の仏国留学時代に於ける巴里東洋語学校の日本語教授であつ

た。一八九七年に巴里で開かれた万国東洋学会で知合つたのみならず、その年から翌年にかけて一年間、同校の講師（レクトエウル・エンゼーヌとよばれてあつた）を嘱託されていた関係上、能くその人物を知ることができた。しかし、私は今ここにローニーその人に就いて語らうとするのではない。彼れは一個のペダンに止まり、何等紹介すべき価値のある人間ではなかつた。私は只彼れを捕へ来つて仏国に於ける当時の日本語の教へ方が如何に馬鹿げていたかを追想する材料としやうと思ふのである……」

織田氏は以下具体的な例を色々挙げて六十歳のロニの日本語の知識の「浅薄さ」を暴露していくが、筆者にはロニには常に難しい物を解読したい欲求がありながら基礎研究より現象に惹かれ却って対象を把握出来ないままにおわる素人の悲哀を感じないではいられない。ロニがペダンであり人間的に問題の多い人物であったことも事実かもしれない。しかし日本人を見たことも無いうちから乏しい資料を漁って日本語を独学し福澤、寺島、福地などの洋学者と付き合ってヨーロッパ理解に力を貸した若いロニの情熱も又、純粋なものであったと信じたい。何ら紹介すべき価値が無いとまでいわれた人物であっても、その軌跡を辿れば当時の日仏関係に新しい照明を当てることができよう。

ロニの出自

ロニの没した時、アンリ・コルディエは東洋学の機関誌『通報』*T'oung pao* にフランス語で略伝を掲げている。良く参照される短文であり要を得たものなので、先ずそれを掲げよう。

「レオン・ド・ロニ氏はフォントネ・オ・ローズ町（セーヌ県）で一九一四年八月二十八日、七十八歳の生涯を閉じられた。レオン・ルイ・リュシヤン・ド・ロニ氏はリル市（ノール県）の近郊のロース Loos に一八三七年八月五日に生まれ、一八五二年に東洋現代語学校に入学した。一八六三年四月二十日の政令により、同校にて如何なる報酬をも受ける権利なしで日本語の公開講座を開く許可を得た。一八六八年五月二十四日の政令によってアラビヤ文語の講座がレノー氏の死去にともなって空席となり廃止され、日本語講座が代わりに開かれるや、同日付でレオン・ド・ロニ氏が新講座に任命された。一八八六年に『高等実習院』の助教授に任命され、極東の諸宗教の講義を担当した。また植民学校でも教えた。七十歳で定年に達したド・ロニ氏は退職した。氏は第一回国際東洋学者会議を主催した（パリ・一八七三年）。レオン・ド・ロニ氏には多くの著述があるが、未完に終わったものも多い。著作のリストについては専門書誌を見られたい。H・コルディエ「(1)」

西堀昭氏(2)の調査では出生はロース市役所の出生届でもフォントネ・オ・ローズ町役場の死亡届でも一八三七年四月六日となっている。

レオン・ド・ロニは通称であって、正式にはレオン・ルイ・リュシヤン・プリュノル・ド・ロニ Léon Louis Lucien Prunol de Rosny である。ペン・ネームとしてはフォン・ゲ Fong Gai また、レオーネ・ダルバーノ Leone d'Albano, アイ・トン（愛東）などの名を用いることもあった。漢字では勤温羅尼、囉尼などと書いている。

レオン・ド・ロニの祖父はアントワーヌ・ジョゼフ・ニコラ・ド・ロニといいパリ生まれの軍人であったが、文学者フロリアンに文才を認められ文士となった。劇や詩を書いたが名をなすことが出来ず、自作を上演するために劇場を開いたり書店を経営したりしている。

父はリュシヤン・ド・ロニといい考古学者でありアメリカ・インディアンの研究をした。自由を愛する男性的熱血漢だったようである。ルイ・ナポレオンが一八五二年にクーデターをおこしナポレオン三世として帝政を敷くとイギリスに亡命している。この二人に就いて

『十九世紀ラルス百科辞典』は次のように述べている。

「ロニ（アントワーヌ・ジョゼフ・ニコラ・ド）Antoine-Joseph-Nicolas de Rosny 文士。一七七一年パリ生まれ、一八一四年没。ルベ Rebais 陸軍学校生徒として軍隊に一七七八年に入りフランス革命の初期の諸戦役に参加し大尉となって退役。この頃、内務省にポストを得てフロリアンと知り合い文学に専念するよう勧められる。想像力も豊かで、筆も早く、名を挙げたいと熱望がありながら充分な教育を受けていないド・ロニは早速熱心に創作に精をだし小説や戯曲を次々と書いた。当時の社会の好みに投じようと恐怖時代の制度を大袈裟に描いたり、やや猥りがわしい主題を扱ったりする努力をしたにも拘らず関心を集めることは出来なかった。原稿料も安かったので多作を強いられた。資産の無い妻との結婚は一層立場を不安定なものとした。なんとか成功しようと本屋を開いて自作を売り、劇場を経営して自作を上演しようとしたが、どちらも旨く行かなかった。然しいくたりかの友達の信用で内務省にポストを得て日々の糧を得ることが出来るようになった。ド・ロニはその後いくつかの調査を命じられ一八〇二年にはオータンでささやかな地位を得、オータン町史を著した。パリに戻ると聖モール修道会のベネディクト会師たちによる『フランス文学史』の続刊を企てた。この企画はこの領域での彼の無知を明らかにする役に立っただけに終わり、またしても自尊心を傷つけることとなった。過労と失望からヴァランシエンヌで没した。この町で町長秘書の娘と再婚していたのであった。ド・ロニは各地のアカデミーの会員であった」

以下八〇点を越す彼の著作から主なものが列挙されているが省略しよう。

「ロニ（リュシヤン・ド・）Lucien de Rosny フランスの考古学者。前項の息子。一八一〇年ヴァランシエンヌ生まれ。一八七三年没。疲れを知らぬ熱心さで中世考古学、次いでアメリカ民俗学に専心した。歴史研究についての文部省の通信員からアメリカ考古学フランス委員会委員長となる。勇敢で積極的な精神で自立心が強くクーデター後イギリスに亡命した。ジェラン Geslin 氏は『俗事を超越している彼は自由に考え良心も裏切らず、自分と同類の人達ともいざこざを起こさぬ人間として行動した』と言っている。彼は膨大なメモの集積と大変見事な蔵書を残したが蔵書の装丁は特に珍しいものであった。彼の著作としては『アメリカ比較考古学研究』（オクターヴォ版一八六四年）を挙げよう。彼は『新世界発見についてのクリストフ・コロンブスの書簡』（オクターヴァ版一八六五年）を刊行し、クレスタドロ Crestadoro の『教皇権の現世権力について』（オクターヴァ版一八六一年）の序文をかいている」

続いてレオン・ド・ロニの項目になるがこれは尾佐竹氏(3)が内容がほぼ変わらぬラルス辞典から既に紹介しているので割愛しよう。

この記述から見るとロニの家系には物書きの伝統があることがわかる。一九五二年リルの地方紙にロニの伝記を寄せたレオン・ボケ Léon Bocquet によるとレオン・ド・ロニが生まれた一八三七年に父のリュシヤンは拘留所になっていたロース・レ・リル Loos-lez-Lille 僧院の書記であったという。父親には『リル市史』の著作も有るというがボケの言を信じればレオンは曾てのモンテーニュのように幼時からラテン語を話すようにしつけられ、字を書くにも古語から教えられたという。

このような環境で田舎の学校に上がったロニが常に一番で過ごし褒美の紙製の王冠を屡々かぶせられたのも不思議はない。然し一家は一八四八年の初めにパリに移り早速二月革命に遭遇した。ある晩十一歳のロニが群集と共にバリケードの上に登って騒ぎに混じっているのに家族が気が付き、手に職を付けさせた方が良いと言うことになり、レオンはまず製本屋に奉公に出され、次いで植字工となった。この経験は後に日本語の活字を国立印刷局で作らせたり、漢字の本を印刷させたりする時、大いに役立つこととなる。

東洋語学校に学ぶ

植字工として働きながらもレオンの好学心は衰えず当時盛んだった夜学に通う一方、父から数学、代数、生物学、植物学の手解きを受けたが、植物学がまず彼の興味を惹いて植物園にある自然史博物館 Muséum に開かれていた植物学講座の受講者となった。講義をしていたのは一八世紀以来のフランス植物学の名門ジュシユー家の三代目のアドリヤン・ド・ジュシユー Adrien de Jussieu であったが、年少のレオンの伶俐さと理解の早さ、また驚くほどの記憶力の良さにすぐ気付き可愛がり将来助手にしようと考えたという。ジュシユー家はリヨン市の出でありイギリスから二本のヒマラヤ杉をフランスにもたらした初代の植物学者ベルナール・ド・ジュシユー（一六九九〜一七七七）、その弟ジョゼフ、二人の甥に当たる植物学者でパリ植物園の自然史博物館館長となったアントワヌ・ローラン・ド・ジュシユー（一七四八〜一八三六）も皆リヨン市に生まれパリで死んでいるが、アントワヌの息子であるアドリヤン（一七九八〜一八五三）はパリに生まれパリに死んでいる。彼の死んだ一八五三年はナポレオン三世のクーデターの翌年でレオン・ド・ロニは十六歳であった。彼はその前年、父のイギリス亡命の年にはパリ東洋語学校に入学し中国語の学習を始めている。中国のことは自然史博物館の教授の一人から聞き興味を持ったとボケは書いているが、これは大変興味深い。というのはフランスにおける中国学の建設者として知られるアベル・ド・レミュザ（一七八八〜一八三二）も植物学に関心を持っていて、中国の本草の図鑑から漢字をカードにとって自分用の辞書を作っているからである。十八世紀のヨーロッパは動物学、植物学に深い興味を示し世界各地の動、植物を採集し動物園、植物園が各国で作られた時代であり東洋の本草図鑑も好んでもたらされていた。(4) アベル・ド・レミュザは一八一二年（文化九年）には寺島良安の『和漢三才図会』の二百三十ページにも亙たる紹介をしているが、レオン・ド・ロニは後に一八六〇年にレミュザが日本の地名を漢字から中国語で解釈した間違いを指摘し『和漢三才図会』の「蝦夷」の項を訳して公刊することになる。

パリ東洋語学校はフランス革命の最中の一七九五年に創立され今も国立東洋語東洋文明学院 Institut National des Langues et Civilisations Orientales（ＩＮＡＬＣＯ）として続いて

いる由緒ある学校である。

ロニが入学した当時は校長で傑出したアラビヤ学者であったシルヴェストル・ド・サシ（一七五八〜一八三八）が没したあとの衰退期であり、パリ国立図書館の一隅に僅かの生徒を集めていた時期であった。教えられていた言葉も十に過ぎなかった。講座の開かれた順にあげると一七九五年の開校のときにはトルコ語、ペルシャ語、アラビヤ文語の三つで当時のイスラム世界に接するときに欠くことの出来ないものが選ばれている。アラビヤ文語というのはコーランが書かれた言葉で、東洋語学校は伝統的にEcole des langues orientales vivantesといわれて来ており現代語の運用を目指していた。一八一二年にはアルメニヤ語が加えられ、一八一九年には現代ギリシャ語、一八二一年にアラビヤ口語、一八三〇年ヒンドスタニー語、一八四三年中国語、一八四四年にマレー語が加わって九語になっている。これに続いてロニが日本語を十番目の講座として一八六三年から始め、明治元年に正規の講座として認められるのである。中国語の講座がヨーロッパで初めて置かれたのは一八一五年で、コレージュ・ド・フランスに二十六歳のアベル・レミュザが教授に任命されたのであった。

阿片戦争が始まったのは一八四〇年で南京条約の締結が一八四二年八月二十九日であり東洋語学校の中国語講座がその翌年開かれ、ロニが文久使節の訪欧の翌年から日本語を教え始め、日本語講座が正規の講座になったのが明治元年であることを見れば、この学校の目するところが何であるかが分かり校名にラング・ヴィヴァント、即ち死語でなく「生きた」言葉とうたっている意味も分かろう。

東洋語学校で取り上げていかれた言語の順番を眺めるとレヴァントと言われた北アフリカも含む地中海東部の地域にまで版図を広げていたオスマン帝国、そこからの独立を目指していたギリシャ、紛争の絶えぬバルカン諸国、インド、中国、メラネシアで植民地化を争っていたイギリス、フランス、オランダが次々に目の前に浮かんで来ないだろうか。まさにヨーロッパ人が「東洋」として考える範囲の変遷を見る思いがする。

十八世紀初頭に建てられ第二帝政になって一八七三年から東洋語学校の校舎となったセーヌ河畔の建物に入ると、中庭にはシルヴェストル・ド・サシの銅像が立ち、階段を昇っていくと、四方の壁を東洋を表す四人の浮き彫り像が飾っているが、それはトルコ人、ペルシャ人、中国人とアメリカ・インディアンの像なのである。

フランスが東洋の文化に関心を持ち始めたのは十字軍時代を除けば十七世紀で、既にルイ十四世は東方の言語を習得させるためにイスタンブールとイズミールに常時六人の青年を在駐させることを一六六九年の勅令によって決めている。十八世紀にはフランスは「新フランス」としてカナダからアメリカに勢力を伸ばしルイ王の名からルイジアナと名付けていた。インディアンにも関心が持たれるとともにイエズス会師の報告書簡などによって古い文化国としての中国への関心がたかまった。ヴォルテールがカナダ・インディアンを主人公に『素直な男』*Ingénu* を書き、中国を舞台に『逍氏孤児』*Orphelin de Chine* を書いてフランス批判をしたのも、その表れであり、一方ルイ十六世の命を受けたラ・ペルーズは日本近海を測量し一七八七年宗谷海峡を通過しラ・ペルーズ海峡と命名した。この発見はシベリアから陸路ヨーロッパに戻ったレセップスによって知らされた。運河で名をあげるフェルディナン・レセップスの大伯父に当たる。中国の科挙の制度は貴族制度を廃止した革命政府によって試験による官吏登用制度、バカロレア制度に生かされることとなる。中国のフランスへの影響については故後藤末雄博士の名著『中国思想の西漸』(『東洋文庫』平凡社刊)が詳しい。

東洋語学校に入ったレオン・ド・ロニは中国語とアラビヤ口語からアルメニヤ語、マレー語まで聴講を始めたが「二兎追うものは……」と忠告を受け先ず中国語に専念することにした。

アベル・レミュザは一八三二年にフランスで猛威を振るったコレラの犠牲となって没し、弟子のスタニスラス・ジュリヤンがコレージュ・ド・フランスの教授となっていた。因みにこのコレラはロシアから南下してヨーロッパ中で荒れ狂い、被害の及ばなかったのはスイスとギリシャのみだった。フランスに達する前年にベルリンでヘーゲルの命を奪っている。
東洋語学校はスタニスラス・ジュリヤンの弟子のアントワヌ・バザン Antoine Bazin（一七九九―一八六二）が教えていた。ロニはこの二人に中国語を学んだ。

スタニスラス・ジュリヤンは若い頃からギリシャ語、ラテン語の充分な基礎の上にヘブライ語、アラビヤ語、ペルシャ語、サンスクリット語をしっかり学び、アベル・レミュザから中国語と満州語を学んだ。アベル・レミュザの最も優れた弟子であったが、性格的には癖の強い難しい人であったらしい。二十七歳で孟子のラテン訳をだしている彼には多くの仕事があるが彼の訳した玄奘の『大唐西域記』の訳についてコレージュ・ド・フランスの中国文学教授ドミエヴィル氏は一九六六年の京都での講演で[5]「織田、南条、望月などの仏教、仏典辞典も無かった時代のスタニスラス・ジュリヤンのこの翻訳の厳密さと正確さは驚くばかりである」と述べられている。京大人文科学研究所でのフランスにおける研究史についてのこの講演ではスタニスラス・ジュリヤンが『白蛇精記』、『平山冷燕』を仏訳し『金瓶梅』の続編の一つである『玉嬌梨』を『二人の従妹』の題で訳してフランスに中国小説を初めて紹介した点も指摘されている。この『玉嬌梨』は後にロニが福澤の『西航手帳』に列挙した中国書のリストのなかに『好逑伝』とならんで姿を現している。

バザンは初めは法律家を志望していたが、レミュザに触れて中国研究に転じた人である。彼は一八四一年に東洋語学校の中国語教授に任命されているが、これは正に阿片戦争の最中である。任命直後、軍港ロシュフォールに連れて来られた中国の海賊の通訳をさせられ、見事に任務を果たしたという。バザンはフランス語で初めての北京官話の文法 *Grammaire mandarine* を書いているが、これは一八五六年に出版された。

ロニはこの二人の勝れた中国学者に習ったのである。そればかりか気難しいスタニスラス・ジュリヤンに気に入られたらしい。バザンは師よりさきに没したがスタニスラス・ジュリヤンは自分の蔵書をロニに遺贈していて、先年ロニの蔵書がリル市市立図書館で発見されたとき一緒にこの蔵書もならんでいるのが発見された。フランク氏が「スタニスラス・ジュリヤンの弟子であったにも拘らず」と言っているが、実際親密な師弟関係であったのであろう。

ロニの初期著作

一八五二年に東洋語学校に入学したレオン・ド・ロニがその年に『インド半島の種々の聖文字についての考察』*Observations sur les écritures sacrées de la presqu'île trans-*

gangétique という二十七ページの論文を出版し、翌年には中国について二点の出版をしているのは驚きであるが、植字工の経験のある彼には、っても有ったのかも知れない。二点というのはともに漢字についてのもので、*Tsé-pou,* table des radicaux chinois publié par Fon Gai 1853 と、もう一冊は *The Chinese radicals adapted to the Hok-keen dialect,* published with English translation by Ai-tong 1853 である。ロニは十六歳であった。漢字についての論文二点にともにペンネームを使っているのはこの年齢の若さと関係が有るかもしれない。翌年には本名で『中国の文字とその歴史的変遷』*Notice sur l'écriture chinoise et les différentes phases de son histoire* 1854 と、『世界各種の書体の見本付、転写付、東洋と西洋のアルファベット』*Alphabets orientaux et occidentaux avec spécimen des diverses écritures du monde et la transcription des caractères* 1854（ロニ氏による石版刷）の二点を著している。

翌一八五四年ロニは『東洋雑誌』*Revue de l'Orient* に安南語について二十四ページの論文 Notice sur la langue annamique を書き、「アジア協会」Société asiatique でパルゴワ神父の指導の下に作られた『シャム王国地図』についての報告を行った。シャムとフランスはルイ十六世とフラ・ナライ王の一六八五年以来の友好関係がある。この時、ルイ十四世の豪華な贈り物をもってアユタヤ宮殿まで二ヵ月半の長旅を騎士ショウモンと共にした奇僧ショワジ abbé de Choisy はタイに二年過ごし『シャム旅行日記』*Journal du voyage de Siam fait en MDCLXXXV et MDCLXXXVI* 1687 を残している。ショワジ神父は女装でヴェルサイユ宮殿でくらした奇僧で『回想録』でも知られている。文久使節の前年六月にはシャム王の使節がフォンテーヌブロー宮でナポレオン三世に謁見している。タイは日本より近代化の道を早く進むとヨーロッパから期待され関心を集めていた。

「アジア協会」は一八二二年にセム語学者シルヴェストル・ド・サシ、サンスクリット学者スユジイ、中国学者アベル・ド・レミュザが創立した学会で今でも続いているがロニのこの報告の要旨は権威ある機関誌 *Journal asiatique* に採録された。一八五五年のこの機関誌にはロニの「シャム語とその文字についての考察若干」〝Quelques observations sur la langue siamoise et sur son écriture〟という十六ページの論文ものせている。二十二歳のロニの学界への初舞台といえよう。

翌一八五六年には中国語から仏訳した〝Le livre de la récompense des bienfaits secrets〟「隠徳陽報の書」を『キリスト教哲学年鑑』Annales de la philosophie chrétienne の第一四巻に載せたりしているが、こうして中国語を学んでいるうちに日本語に関心が向けられていったのであろう。この年に記念すべき『日本語考』が出た。原題は *Introduction à l'étude de la langue japonaise*「日本語研究入門」であるが表紙に『日本語考』とロニの筆跡の石版刷で題が入っている。クヮルト版で日本語と近接諸語との比較にはじまり、筆の持ち方を図入りでしめして説明し、平仮名、片仮名の各体、万葉仮名、漢文の日本式の読み方や本の題名、刊行年の読み方まで解説し、シーボルトがもたらし翻刻した『四体千字文』の冒頭を原文と平仮名片仮名で対照して示している。

当時のパリ王立印刷局は世界中の言語の活字をそろえていると誇っていたが、仮名と題字はロニの筆になるものを版に刻んでつくった。四通りの仮名（片仮名二体、平仮名二体）は王立印刷局の銅板師マルスラン・ルグランが彫って作ったものである。この本はパリ西郊のムーラン Meulan のマリウス・ニコラに依って印刷され、東洋語専門の書店として今も続いているメゾンヌーヴ Maisonneuve から刊行され、版も重ねている。ロニは自分の名を羅尼と漢字にし中国風に羅尼小儒と謙遜している。メゾンヌーヴは墨須納仏、ニコラは尼科瑚聚と転字している。こうしてロニは日本学の専門家の道を歩んで行くが、収入は各種の新聞社に記事を書くことで得ていた。ラ・プレス *La Presse* レコ・ド・パリ *L'Echo de Paris* などに寄稿している。

この『日本語考』の序文でロニは一八二五年に再刊された十七世紀のロドリゲスの『日本語文典』をまず苦労して学んだが、はかばかしくないのでシーボルトがもたらし復刻した『書言字考』を中国語の知識で解読し漢語に付けられている日本語はイエズス会師の日本紀行や語彙集を参照してカードにとって日本語を独学したと書いている。

この『日本語考』はロドリゲス以来ヨーロッパ人の書いた初めての日本語の全体的記述となった。オランダのホフマンやドイツのプフィツマイヤー Pfizmaier も日本語について論文をかいているが体系的記述ではなかった。翌一八五七年にはロニに対して聖ペテルブルク科学アカデミーから金賞が贈られた。サンクトペテルブルクはロシヤの近代化の推進者ピョトール大帝の首都で知的中心であったばかりでなくヨーロッパで初めての日本語学校が一七〇五年に開かれた町でもあった。この年の七月三十一日にはフランスの金石碑文文学翰林院 Académie des Inscriptions et des belles lettres が『中国語の起源と本質についての覚書』にたいしてヴォルネー賞次席を授けている。この『覚書』は一八五四年の『中国の文字とその歴史的変遷』と同じものであろう。ロニの著作はよく題を変えて出されることが多く、又、逆に同題で内容が違うものもあって現物を見ずには論じられぬ危険はあるが、抜刷りで題が違った程度のものではないかとおもわれる。聖ペテルブルク科学アカデミーの金賞も、これらの仕事を考慮して与えられたものであろう。

ロニが学習に用いた『書言字考』は六年の滞在の後、一八二九年にライデンに戻ったフランツ・フォン・シーボルトが滞在中に集めた図書の中から、選んで翻刻した小冊であった。当時は日本語の本の入手は極めて難しかったのでロニの学習の困難は大変なものであったろう。明治十二年に来朝し四千冊の邦書をスェーデンに持ち帰ったノルデンショルト男爵 Nils Adolf Erik Nordenskjörd の邦書目録を、後にロニは監修者となって明治十六年に出版しているが、この目録に序文を寄せたデルヴェ・ド・サン・ドニ侯爵は、十九世紀初頭に漢書がかなり所蔵されていたパリ国立図書館でさえ和書は数冊しか無かったといっている。同侯爵によれば、東洋学者でロシア大使に随行して中国に一八〇五年に赴いたクラプロト Henri Jules Klaproth（一七七三〜一八三五）は中国語、蒙古語、満州語の本を多量に持ち帰り、日本語の本も少しあったが、没後その蔵書が売りに出た時は、三十冊程の日本書は東洋学者と好事家の奪い合いであったそうである。シーボルトは日本書の入手難を少しでも和らげようとライデン大学で日本語を研究していたホフマンの助力を得て『四体千字文』、『日本王代一覧』、『書言字考』などを翻刻させたのであった。

ロニは一八五八年（安政五年）にはジュルナル・アジアティック誌に「日本語の辞書とそ

の定義の性質についての諸考察」"Remarques sur quelques dictionnaires japonais, et sur la nature des explications qu'ils renferment"という二十ページの論文で『書言字考』の項目の構成、即ち「いろは順」と乾坤門、時候門、神祇門、官位門、人倫門、肢体門、気形門、といった分類法、同義字の並べ方を解説し、薄伽、梵、菩薩などの仏教語にはサンスクリット名を書き加えて説明している。この論文の発表と同時に銅板画家ベルトラン・ルーリエBertrand Loulliet に片仮名の表を与えて彫らせ刊行した。

翌一八五九年には『日本語の読み方』*Manuel de la lecture japonaise* をアムステルダムから刊行し、一八六〇年には『蘭日薬語集について』*Notice d'un vocabulaire pharmaceutique* 一八六一年にはゴシュキエヴィッチの日露辞典の書評"Rapport sur le Dictionnaire japonais-russe de M. Gochkievitch"をサンクトペテルブルクで出し、アベル・レミュザが『日本の百科辞典』としてかつて紹介した寺島良安の『和漢三才図会』から「蝦夷」の項と、宋書『諸蛮志』から「日本」の項を仏訳して刊行した。この中で、ロニはアベル・レミュザが日本の地名が漢字を音符として使っているのに中国語の漢字の意味で解釈した間違いを指摘している。「蝦夷」というのは北海道とカラフト（サハリン）のことであるが、二十世紀になってもフランスの地図帳では長く北海道に Yéso と注記していた。当時はロシアの南下政策がヨーロッパで注目を惹き、カラフトの領有問題ではロシアと日本は対立していた。文久二年の遣欧使節は五港開港の延期とともにカラフト問題にも苦慮していた幕府が送ったので、一行はサンクトペテルブルクまで出掛けることになる。

ロニは新聞記者を続け一八六一年四月から翌年末迄は、この年に創刊されたル・タン紙の常勤の編集員を勤めている。ル・タン紙 Le Temps は一八六一年に創刊され第二次大戦中の一九四二年まで続いた大新聞で、自由主義的傾向で特に第三共和制時代に大きな影響力をもった。

この一八六一年五月にはロニの提出した『中国語史試論』*Essai historique sur la langue chinoise* に対して学士院からヴォルネー賞が与えられた。この論文とヴォルネー賞次席だった論文が同じものとは思われないが、残念ながら共に未見で実際の所は分からない。然しこの頃からロニの名が日本語も分かる中国学者として知られ始めたと考えても間違いあるまい。

日本の使節団との交遊

翌一八六二年四月三日には徳川幕府の遣欧使節団がマルセイユ港に上陸する。当時の絵入り週刊紙『イリュストラシヨン』はこの到着を次のように伝えている。

「日本代表使節のマルセイユ到着。四月三日巨大な蒸気船『ヒマラヤ』はマルセイユに日本大使達を乗せてきた。

使節団は三名の外交使節、一名の地方副知事、通訳四名、士官十名、医師一名、従者二十名からなっているが、ド・ラ・ジョリエット埠頭で皇帝から遣わされたトレヴズ侯爵を先頭にした街の軍と民間の主だった人達の出迎えを受けた。日本人たちの一行は彼らのためにグラン・テアトルで上演された劇に出席して五日朝、街を後にした。

一行を汽車に乗せるのが大変であった。やっと座らせてもドアを開けると直ぐでてしまうのである。何人かは閉じ込められるのを嫌がって貨車に乗りたがった。使節や従者の服装はあっさりしたもので、ゆったりした黒い上着と明るい色のズボンで背中と両袖には丸い印が付き、彼らの国の伝統的な帽子を被っていた。クラブレ」(6)

東洋といえば色とりどりの装束を期待していたフランス人には紋付き袴の日本使節の服装はペルシャ、トルコの使節や前年一八六一年六月二十七日にフォンテヌブロー宮でナポレオン三世とユージェニー皇后に謁見したシャムの使節のものに比べて地味に思われたのであろう。

日本使節はリヨン市に二泊してパリに四月七日に到着した。同じ新聞は使節のパリ到着も「日本の大使達が到着した。タケノウチシモズクノカミ Take-no-ootchi-Shimoduk-no-Kami とマザダイラ・イヴァニノカミ Matzadaïra-Jivani-no-Kami と言う皇帝の二大臣である。この二人にはケイゴク・ノトノカミ Keigok-Noto-no-Kami と言うあっさりした名でオメッチ Ometschi 長の肩書きの秘書が付いている。日本の大貴族たちは野蛮人では断じて無い。大変礼儀を良く弁え丁寧で気持ち良く暮らす術に長けた人達である。この人達が我々について遺憾な印象を持ったりしてしまう様なへまをしでかさぬ様に気を付けよう」と報じ使節のナポレオン三世謁見後、使節の肖像いりでC・ヴェンシェンクが次の様な署名記事を寄せている。

「最初の日本大使がパリに到着した。一行は二十四人である。大使二名、秘書二名、通訳二名、医師一名、料理人一名と従者十六名である。

二人の大使に謁見を許された。ここにお目に掛ける肖像はナダルの写真に基づくものである。主任大使タカノウチ・シモズキノカミ Takano-outchi-Simodsouki-no-Kami

は五十歳である。日本の州の一つの知事である。二人目のマツダイロ・イワニノカミ Matsudaïro-Ywaninokami はもう少し若い。肩書きは副知事である。二人ともダミオウ（大名）即ち侯爵である。

書記官二人はずっと若い。キョウゴク・ノトノ・カミ Kiogock-Notono-Kami は三十歳ぐらい、シバタロ・サカタロ Chibataro-Sacataro はせいぜい二十五歳に見える。

主大使は大変無口であった。彼の側で過ごした数時間の間に彼が閉じた唇を開くのを殆ど見なかった。次席大使マツダイロ・イワニノについては、こうは言えない。前者が口を開かないのと反比例して後者はよく話した。書記二人は話掛けられねば決して意思表示をしない心算りの様に見えた。何方にせよ四人とも至極柔和に思える。

特に驚かされたのは彼らの周りに有るものをちっとも珍しそうに思わぬことであった。この人達をホテルから外出する気にさせるのは非常に難しい。一切の移動は厭うべきものらしい。汽車にのるという考えは今までは彼らを脅えさせている。何であろうとパリ郊外のものを見物するのに同意させることは、やっとの思いでしか出来なかった。

同行の通訳は三つの言葉を話す、即ちオランダ語、英語、フランス語である。このなかで最もまともに話せるのは確かにフランス語である。彼らになされた質問を訳す役目のオランダ人通訳が加えられた。

　四月十三日に行われた皇帝の謁見は彼らを大変喜ばせた。その晩フランスの葡萄酒で立派に祝うことで悦びが表された。一行はあと二週間パリにいてイギリスに向かう。官報によれば皇帝の前で表された希望に従って日本まではフランスのフリゲート艦で送られることになろう(7)」


新聞報道はこのようにまちまちであるが好意的に報道されている。二人とか四人とかいわれている通訳は福地源一郎、太田源三郎、福澤諭吉、箕作秋坪、立広作、松木弘安の誰を指しているのかわからない。医師としては一行には川崎道民と漢方医高嶋祐啓がいたが、松木弘安も横文字ではDoctor松木と署名し医師であることを明らかにしていた。通訳でフランス語を解したのは函館でメルメ・カション Mermet Cachon（和春）からフランス語を習った立広作一人であった。

　日本語を学び『日本語考』を六年前にだして以来、日本語辞書を作ろうと試み樺太やアイヌまた大陸、朝鮮半島と日本の関係などを含めて日本に興味を持ち続けていたロニにとって日本使節の訪欧は、またとない機会であったろう。ロニは早速、オテル・ド・ルーブルに投宿した使節団に近付き、日本人を実見した。

使節がパリに着いたのは前述の如く四月七日であるが、福澤の『西航記』には陰暦三月十九日の項に「仏蘭西の人ロニなる者あり支那語を学び又よく日本語を言ふ時に旅館に来り談話時を移す日本語次魯西亜のことに及びロニ云去年魯西亜の軍艦対馬に至り其全島を取れりと聞けり信なるやと余其浮説なることを説弁せしに翌日新聞紙を持来り昨日の話魯西亜の対馬を取たるは全く虚説なることを此紙に記して世上に布告したりと云へり」と記している。この日付は陽暦の四月十七日に当たり到着の十日後だが、記事からロニは既に何度も来ている様子が窺われる。到着早々から出入りしたのであろう。

この時、福澤は二十八歳、ロニは二十六歳であった。西欧文明を捉えたい日本の青年と日本語を独学していたフランスの青年は、さぞ熱心に時の移るのも忘れて話し合ったことであろう。先年発見されたロニのスクラップブックには一行のパリ到着直後に書かれたと思われる太田源三郎の文章が第一に貼ってある。

『羅尼先生足下。貴君ハ甚能ク我国ノ言語ニ通ジラレルト雖モ恨クハ是迄日本ノ人ニ遇タル事ナキ故少シク分リカ子ル所アリ冀クハ今ヨリ日本ノ人ニ交ル事数十日ナランニハ成功スル事疑ヒナシ。

文久二戊三月　太田源三郎』

この五年後にロニと付き合った栗本鋤雲の証言によってもロニは「語音咭屈、かつ助詞を解せざるを以て、十中、僅かに三四を諦聴せり」というのであるから会話は英語に依ったと思われる。福地も英語を森山多吉郎に習ったし仏語を解する立も居ながらロニと交遊の跡を残すのが松木、箕作、福澤であるのは注目しておく必要があろう。

ロニと福澤諭吉

四月二十六日の土曜日にはロニと福澤はパリの植物園とその温室を見学している。ロニと植物園の縁を考え、当時のロニが植物園から聖ジュヌヴィエーヴの丘に登っていく途中のラセペード通りに住んでいたことを考えると、誘ったのはロニであったろうと考えられる。一行は三日後、イギリスに発った。松木、箕作、福澤宛てにロニが手紙を送った返事を松木弘安はロンドンからロニに五月十一日の日曜日に出している。六月にハーグで一行はロニに再会し八月にベルリンで再会を約して別れるが、ロニはベルリンには来ず、箕作と福澤はそれぞれロニに手紙を書いた。その中で、二人ともロニの母と妻に宜しくという伝言を託している。或いは、この植物園見学の日にロニの自宅を訪問したのかも知れない。

一行はイギリスでクリスタルパレスの博覧会を見たり、テムズ河の下を抜けるトンネルに感心したり、多くの豊富な見聞を重ねて六月十四日にオランダに入るが、六月二十一日にはロニがパリから一行を追ってハーグに来て再会する。

福澤と箕作は早速、デス、マス体の手紙を漢字混じりの片仮名で、それぞれ書いた。

福沢諭吉

先日ヨリ度々貴翰《タビタビオテガミ》ヲ送《ヲク》ラレ難有存《アリガタクゾン》ジマス。今日コノ京《ミヤコ》へ御着《オツ》キノヨシ私ドモニ於テ甚《ハナハ》タヨロコビマス　何卒少《ナニトゾスコ》シモ早《ハヤ》ク御目《オメ》ニカ、リ存シマス　私アナタノ家ニマイリタイ存シマスレドモ色々用事アリテマイルコトアタワズ甚タ残念《ザンネン》《Sorry》ニ存マス

謹言

六十二年　六月十八日

羅尼君

箕作秋坪　　謹白

羅尼君ノ平安ニテ此和蘭ニ来レルヲ聞キ実ニ喜《ヨロコ》ビニタヘズ謹《ツツシン》テ賀ス　今ヨリ君ト日々パリスニテノ如《ゴト》ク面会センコトヲ願《ネガ》ヒマス

羅尼先生　足下

福澤は『自伝』でヨーロッパ旅行を回想し「各国巡回中、待遇の最も濃かなるは和蘭の右に出るものはない。是れは三百年来特別の関係で爾うなければならぬ。殊に私を始め同行中に横文字読む人で蘭文を知らぬ者はないから、文書言語で云へば欧羅巴中第二の故郷に帰たやうな訳けで自然に居心が宜い。」と述べているが、ロニ到着の報に、つい気軽に書いた気分が窺える。ロニに分かり易い様にと考えて舌足らずの日本語になっているのも微笑ましい。残念と言う語の左側には英語で sorry と振ってある。

ロニのスクラップブックの第二八丁にはハーグのフランス公使サルティージェ伯爵と書記官、ライデン大学の日本語教授ホフマンの写真が貼ってあり、その並びにロニの青焼き写真が貼ってある。若いロニの写真は珍しい。恐らく、このオランダ行きの機会のものであろう。

福澤もオランダでは数枚の写真を撮っているが、リラックスしている感じが写真からも窺える。

一行がライデン大学を訪問したのは七月八日であるが、パリから母が病気であると連絡を受けたロニは、その二日後の七月十日にパリに戻っていった。ロニは松木弘安に七月七日に和文と英文で手紙を書いているのがロニの貼り込み帖に残る松木弘安の返事で分かる。この手紙で松木がロニとかけちがって会えなかったこと、元々は十二日にオランダを発つ予定だったらしいことが分かる。

七月十七日にユトレヒトを発ちケルンを経由して翌日ベルリンに着いた一行は八月五日まで滞在する。洋学者たちはロニを心待ちにしていたらしいが現れないのでロシアに向かう二日まえの八月三日に箕作、松木、福澤のそれぞれが手紙をロニに書いている。松木のは英文で、プロイセンよりフランスの方がロニの如く日本語を勉強している人がいるだけ進んでいるといってプロシャ人をからかってやったというようなことを、かなり破格な英語で述べたものでる。箕作の手紙の中には「ベルリンハ学術共ニ盛ンナル処ニテ我等見聞シテ益トナルコトモ多ク大イニ喜ビマシタ　只君ト別レタルコトハ甚タ残リオシキコトト日々松木福澤トモウシ出シマス」とあり、これからロシアに行くが五十日後にはパリで再会するのを何よりも楽しみとしていると言い、「君ノモーゾル及ビ君ノワイフへ私ノ「コンプリメント」をオツタエクダサリマセ」とロニの母や妻とも知っていることを思わせる伝言をしている。福澤の手紙は全文を引いておこう。

ベリルンニ於テ

和蘭ニテハ俄《ニワカ》ニ御出立《ゴシユツタツ》ナサレ御暇乞《オンイトマゴイ》ヲ申《モー》ス間《マ》モナク甚《ハナハ》ダ残念《ザンネン》ナリ○君ノ御母ノ病ハ如何ヤ早《ハヤ》ク全快《ゼンクワイ》ヲ祈ル○余輩ハ明後日此都《コノミヤコ》ヲ去リ魯西亜国ノ火輪船ニテペートルスビュルグへ至ルベシ　君和蘭ニテ言ヘル如ク必ズコノ京《ミヤコ》へ来《キタ》リ給《タマワ》レベシト思ヒ今日マデ待《マチ》タレドモ遂《ツイ》ニ君ハ来ラズ最モ残念ナリ只《タダ》此後パリスニテ再《フタタ》ビ君ヲ見ルコトヲ楽《タノシ》ムノミ○余輩コノ京へ来タリシヨリ以来《いらい》学校病院等ヲ見大ニ利益トナリシコト多シ且政府ノ取扱《トリアツカイ》モヨク甚タ満足セリ○余君ノ健康ヲ祈ル願クバ君ノ細君《サイクン》ヘヨク伝言シ給ハルベシ　謹言

千八百六十二年第八月三日

日本文久二年七月八日

福澤諭吉

羅尼様

余再ヒパリスニ至リ仏蘭西ノ船ニテ日本へ帰ルトキハ三月バカリノ間ニ仏蘭西ノ人ト同居スベシコノ間仏語ヲ学ント欲ス願クハ君此コトニ就キ余ヲ助ケ給ハルベシ

ロニに対する親近感が感じられる。横浜でオランダ語が通じない悲痛な経験をした時既に福澤は英語と共にフランス語も広く各国で通用する言葉と知っていた。『西洋事情二編』でも福澤はヨーロッパ史上でのフランスの重要性に注目しているが、オランダ、イギリス、プロイセンと歩いたことよりロニと個人的に付き合えたことがフランス語を学んで見ようと考えさせたのでは無かろうか。ベルリンを八月五日に船で発った一行はサンクトペテルブルクに九日に着く。ロニからは福澤宛に八月十五日に手紙が来て福澤は折り返し返事を書いて自分のロニ宛の手紙がパリに着いたらしいことを喜びロニに会えないのが残念だ「実に欧羅巴中唯一人ノ良友 good frie(n)d ト思ヘリ」とまで書いている。ロニの母と妻への伝言のあと福澤は「返スガエスモベルリンニテ間違ヒニナリ君ヲ見ザルハ甚タ残念ナリ　太田箕作松木ヨリ伝言セリ近キウチ私トモ君ヲパリスニテ見ルベシトタノシム　謹言」と書き、追伸ではパリに戻ったら「君の新聞紙ノ社中ニ加ハリタク思ヒマス」と書いている。所がこの翌日にはロニ自身がサンクトペテルブルクに現れたのである。十六日に到着したのは箕作の書簡の日付で分かるがこれには福澤も驚いて『西航記』の七月二十二日の項には次のように記した。陽暦では八月十七日になる。

「仏蘭西の羅尼来る。此の人は日本語を解し又能く英語に通ず。日本使節巴里に在りしときより時々旅館に来り余輩と談話せり。使節和蘭へ逗留中、羅尼政府の命を受け、日本人を見る為ハーゲに来り留ること二十日計、母の病を聞き、巴里に帰り今度、又、日本人を尋ねんとして別林に来りしに、余輩既に同所を出立せり。由て又別林より伯徳禄保に来れり。別林より伯徳禄保までの道程八百里、火輪車にて此の鉄路を来るに入費四百フランク、唯日本人を見ん為来る。欧羅巴の一奇士と謂ふべし。」

ロニはサンクトペテルブルクに何時までいたのか、パリには先に帰ったらしく九月二十二日にパリに戻った洋学者たちが早速ロニを呼び出す手紙が貼り込み帖に残っている。福澤の筆跡で福澤、箕作、松木、川崎、太田の五名が連署している。一行はパリには二週間しか滞在しないが学士院 Institut や図書館を尋ねマドレエヌ寺院を訪れている。十月五日に一行がパリを離れる時はロニは駅まで送りに来た。汽車が動き出すと松木は車窓からロニに向かって紙片を投げたが、それには片仮名で「ゴキゲンヨクオクラシナサレ　パリスニテ再ビオメニカカリマス」とあり「良友　羅尼」と書き掛け羅の糸編まで書き終える暇がなかった。スクラップブックに此れを貼ったロニは紙片の下に「我が友、医師松木の手に依る走り書き。使節出立の折、車席で書かれ書き終えられず走り出した汽車の窓から私に投げて寄越したもの」とわざわざ記している。この別れはロニに取っても感慨深いものであったであろう。松木は寺島宗則となって薩摩の留学生を引率して再来し、明治になっても外交官としてヨーロッパに来るがロニとの交際は深まらなかったし、ロニについての記録も残っていない。しかしこの第一回の訪欧では帰路も寄港地毎にロニ宛てに手紙を出し神奈川に入港した時まで、細々と参勤交代の変化などの日本の情勢からコーチシナでの植民地戦争や船火事の話など思い付くままに自己流の英語でざっくばらんに書いている。ロニは明治になっても日本の維新には殆ど興味を示していないので寺島からの一方通行で対話にならなかったのかも知れない。

ロニの貼込み帖には一行の洋学者の一人が別れに際して書いたと思われる紙片が貼ってあり、それには「我等日本ニ帰ルヲ喜ブ然レドモ君ニ別レルヲ甚タ愁フ把里斯ニ留リ学ントス然レトモ日本ノ政府ノ許シ無レバ止ル　能ス遺憾甚シ」とあって同情を呼ぶ。こういう告白を託される程、ロニはこの時の洋学者には信頼されていたのである。パリに再度着いた時、福澤、箕作、松木、川崎、太田の五名が連署でロニの自宅に出した書状――

羅尼君江

私共昨日此ノ京ニ着キマシタ君ハ御機嫌ヨキヤ速ニ御目ニカカリタクアリマス御暇ナラハ私ドモノ旅舎（Hotel）へ御出ヲ願ヒマス　敬白

文久二年八月三十日

福澤諭吉
箕作秋坪
松木弘安
川崎道民
太田源三郎

Grand Hotel La Paix
No 75 room

Monsieur Léon de Rosny
15 rue Lacépède

この呼び出し状や、「アナタ御閑暇之節ニ二十八号ノ我等ノ寓室ニモ御出ヲ願イマス」という日付も署名も無いメッセージを見ても、洋学者たちが若者同士、国籍の差を越えて親しく交際していた様をうかがって良さそうである。

もっとも打ち解けていたのは松木弘安らしいことは帰途上の各寄港地から出した松木の手紙から窺われる。思い付く儘に近況を書き数字や伊呂波を使った暗号までまぜている。パリを発った一行は軍港ロシュフォール Rochefort からフランスの輸送船ル・ラン Le Rhin に乗り込んだ。福澤の回想ではフランス側の態度が、この頃になると変わって冷たくなったという。その解釈については芳賀徹氏、山口一夫氏(8)が詳しく論じているので省略するが、ロシュフォールからの航海は食事も悪く海も荒れリスボンまで十日を要した。『西航記』の閏八月十三日の項からリスボン迄を引用しておこう。

十三日

朝第八時ロシュフォルトに着。ロシュフォルトは巴理より九十里に在る仏蘭西の海軍港なり。車より下り船に乗るまでの路十町余、此間盛に護衛の兵卒千余人を列せり。敬礼を表するに似て或は威を示すなり。日本人は昨夜火輪車に乗り、車中安眠するを得ず大に労れたるに、此所に着して暫時も休息せしめず火輪車より下り直に又船に乗らしむ。且船に乗るまで十町余の路、日本の一行には馬車を与えず、徒歩にて船まで、行きたり。○ロシュフォルトの港よりカレンチ河口まで四里。本日は河口まで船を下し、夜此所に一泊す。

十四日

朝第十時に碇を起す。○此度ロシュフォルトよりアレキサンドリアまでの送り船は、レインと名のる大さ千五百トンなれども蒸気力僅に百六十馬力、且此船は軍艦にあらず、人を運送するため設けたる船にて、船中部屋の数多く、石炭を貯る場所少し。故に航海中毎日蒸気を用いず。

十五日

昨夜より蒸気を止め、且風あしく夜に至り船動揺甚し。

二十日

朝始て陸を見る。斯巴尼の西北隅フヒニステルレ岬なり。
二十三日
午後第四時葡萄牙の首都リッサボン港に着、碇を投ず。ロシュフォルトよりリッサボンまで海路七百五十里、終始風悪く且蒸気を用ざるに由り十日の航海を為したり。日本を辞し航海に苦しむは此度を最とす。○晩第六時上陸。

帰る頃のフランスの態度を冷たいと思い、十日の辛い船旅の後で着いたリスボンで福澤を待っていたのはロニの手紙であった。『西航記』に挟んだ洋紙には羅尼宛ての英文書簡の冒頭が(9)
「Dear friend 羅尼君へ
How was my gladness, when we have arrived at Lissabon I have received at first the letter from」
とだけ書き残されていたが、今回ロニのスクラップブックからはこの手紙が発見された。福澤たちがロシュフォールで乗船した文久二年閏八月十三日は陽暦十月六日である。ところで福澤がロニとシャルル・ド・ラバルトの推薦でアメリカ及び東洋民族誌学会会員になったことは残された会員証から知られたが、この会員証の作成日付は一八六二年十月七日になっている。二名の会員の推挙により、評議会で審査の上、正会員資格として認めたと明記してある会員証を先日付で出すことは考え難いので、或いはこの会員証もこの時、郵送されたのではないかと考えられる。福澤の当時の英語の能力を示す全文を掲げよう。

20 Oct. 1862 Lissabon

Dear friend 羅尼君江

How was my gladness, when we arrived at Lissabon I have received at first the letter from my best Europesch (sic) friend M.Leon de Rosny. I am very much obliged for your kindness and I see you are not only the good friend of me but an hearty lover of Japan. I wish and can assure you will keep always the same feelings.

The interesting news from Japan stated in your lettre I have read withe (sic) much thanks for your troubles now I wish you will be so kind in the future also to translate with the English language and send them to me because, you know, I am not able yet to read the Franch (sic), and in Japan none understands it very well, though (sic) there are any pupils of the Franch language I know it will makes (sic) much troublesome but this troublesomeness would not last so long, because I am now beginning to learn the Franch and after some times I will be able to read it myself.

We have had very bad weather during the voyage from Rocefort (sic) to Lissabon where we have arrived at 16th of Oct. Now we have finished all our business and will leave here 24th or 25th of said month.

Farewell my best friend! I will never forget you in all my life. I have the honour to be

Your upright friend

Foucousawa youkitchy

福澤諭吉

Dr Mitsukury, Matski etc, etc, etc, said their best compliments to you.

福澤宛にロニの手紙があったことは福澤の手紙の前日に出した松木の手紙でも分かる。数字と伊呂波による暗号も含んでいるこの手紙は次の様なものである。

Braganza Hotel 19 October 1862

Having seen your letter to Foukuzawa, I have surprised for your kindness, because this letter was received at Lisbon sooner before we arrived there. The Franch steamer went, as a lame, her feets (sic) ware (sic) not healthy, her age was very old & she trained us ten days not., with standing 4 days way in common time, & thus we arrived at Lisbon 16 October scarcely. And we ware moved day & nicht (sic) like a pendulum & I saw nobody which was not seasick, because the steamer went only by bad wind without steaming. Being our intention to leave of this town 23 Oct., we fear we should err in the mediterranean sea during one month with such lame steamer. But "One feet (sic) beter (sic) than no feet." I grieve we have no feet, & thus we must thank very much to the Franch Emperor to lend one feet, but I assure you we will visit you with both feets (sic) after any moment, though you believe it not.

I have acquainted my adress to Japan you at Paris, but I will write again more better address:

Yamano wouti Rokou sabro（山内六三郎《ヤマノウチロクサブロウ》）

He is translator in the customhouse at Yokohama in Kanagawa & I wish to write this address on the upper paper of your letter.

本 26,19,1.23,17,24,12,19,4,25.15,2,23,19,25,23,/22,1,19.19,4,13,23,15,1,17,25,26,1,17.19,9./19,26,4,23,25.25,19,26,11,15,15,4./ 明本（25,3,26,24,13.26,23.25,24,22,17.）

以伊呂波中之第三字為実　　　　（ンム同）

キムソク。サダエカ。ヨソマヒヘ。ヤマワリメヨ。ヘトヰクケマヘヰク 26,4,25,17,24,12,17,4,25,26,15,4.　ムマヒサ。ナマワジヒ。

本 7,15,22.1,22,23,25.23,19,7.25,15,1,17./19,10,15,22,25.14,26,22,11,26,22.

I will send any steamer of Satsuma to China or neighbour for the commerce, & I ask you what manner shall be best to do it.

I wish to remain your
sincerest friend
Dr Matski Koa(n)

M. Leon de Rosny

双方の手紙とも航海に日が掛かり難儀であったことに触れている。松木はリスボンから出航する前日にもう一通暗号混じりの英文書簡を送っている。

Braganza Hotel Lisboa, 24 October 1862

羅尼様

We will leave of this town tomorrow morning (9 o'clock). Have you received my letter send (sic) 18th (foregiving)? Regarding to the payment which you have received to the payment which you have received from us, there was a mistake because you have write (sic) to will pay to another bookseller of whom we have bought (to buy) the book, & this proper bookseller required us to pay, & I have wrote (sic) your adress to him to take this payment from you, but this payment was 160f, & 20f more I have paid to you, but I will pay this more paid money for some Newspapwer you must send afterwards to Japan……It is the best intention according to your expressed to open 27,19,8,19,4,10,7,23,17,4,13,26,4,9,21,19,23,/3,26,8,25,1,26,19,11,15. because none of 1,26,19,11,15 dit know all the world (especially Europa) 9

サヨナラ、ゴキゲンヨウ。明日ハ欧羅巴ノ地ヲ離レマス。マコトニ悲ウゴザイマス。

Dr Matski Koân　　松木弘安　謹書

ロニと本の購入で交渉があったことが分かる。支払いの行き違いがあり本屋の請求金額にたいしてロニに二〇フランの支払い過剰になった分は、日本宛に送って呉れるであろう新聞代で精算しようということらしい。

船は十一月十七日にアレクサンドリアに着き、スエズ運河は未だ掘削中であるので一行は陸路汽車でカイロを経由して十一月十九日にスエズに着きフランス船ヨーロッパ号l'Européen にのる。船がセイロン島のポワン・ド・ガルに着くと福澤はアレクサンドリアでロニから受け取った手紙に返事を書いた。

18 Dec 1862 On board of the French steamer "Europe(e)n

Point de Gall

With pleasure I have received your charming note including in the letter adressed to Dr Matsouki at Alexanderia, where we have arrived 17th November. Of course I was obliged to answer for it directly but as soon as we arrived at Alexanderia I have departed there to Suez with some of our officers taking care for the baggages before Ambassadores so that I had no time to write toe answer to you. I hope you would not be angry for it.

At 20th of November we hade (sic) departed from Suez with French steamer Europen arrived at Aden 28th of said month stayings there five daies (sic) departed from Aden 3rd of December and arrived here (Point de Gall) yesterday, supposing the voyage foreward we shall be at Japan in 45 or 50 daies more. On board I have not much business to do, so I am now studying the French every day but in embarrassement to understand it.

That you are always in good health have the same feelings for Japan and for myself, is the health wish of your upright friend.

Foucousawa Ukiti

福澤諭吉

羅尼様

ヨーロッパにいる間はロニ宛の福澤書簡はみな邦文であった。それも漢字にはカナを振り、時には左側に英語の単語を振るという日本語を学ぶロニを手引きしようという配慮に満ちたものである。いよいよリスボンからヨーロッパを後にすることになって福澤はより直接にお互いの交際に使った英語で離別の情を伝えようとしたのであろう。

福澤と羅尼の交渉はこの後、無かった様である。リル市市立図書館に所蔵されているロニの蔵書には『西洋事情』初編一冊が所蔵されている。これが福澤自身の送ったものである証拠は残念ながらない。福澤が自分と訪ねた図書館（文庫）博物館に付いて語りロニによって知った郵便制度、新聞や株式会社について説くのを読んでロニが持った感想を知りたいものだが、その跡も得られない。

松木はアレクサンドリアを発つ前日に出した手紙ではスエズから乗る船ヨーロッパ号が日本から戻る時には本を託そうと書いているが、当時交趾シナ〔注＝北部ベトナム〕で交戦中であったフランスが弾薬を運送するのに、この船を必要とすることになってシンガポールで一行は『こだま号』に又、乗り換えることとなった。福地桜痴（源一郎）の『懐往事談』はこの帰りの船の経緯について次の様に述べている。

「初め幕使が巴里に到りし時には其接待は特別の礼遇を極め其帰路にはセミラミスと号せる仏国第一等の美麗宏大なる軍艦にて護送すべき定にて粗々其噂をも接待官より幕使に通じたりけるが今や帰路に臨みては何と無く仏国にて幕使を遇する其季候と共に稍々冷気に成りて其護送の軍艦も歴山太まではラインと名けたる老朽の船を供し蘇尼〔注＝スエズ〕より日本に至るまでも亦六七百頓に過ぎざる船を供したり（この艦名は失念したり）是は当時仏国に於て交趾に兵を出して新に其植民地を設くるの最中なればセミラミス其他の軍艦は此出兵の用に供し又一方に於ては北米合衆国の内乱に乗じて墨基哥〔注＝メキシコ〕に干渉せんが為に軍艦も亦多事なりければ幕使を日本へ護送するに軍艦を以てするは其実仏国海軍に取りては迷惑なりされば彼の政府にては蘇尼以東は寧ろ英国郵船に幕使を託するの議ありしかど英米両国先に軍艦にて護送したるに仏国いま是を英国の郵船に託しては他国への外聞も如何なりとありて此軍艦を差繰て出したるなり（是は帰路巴里にて接待官は密に幕使に向ひ軍艦の護送も貴下に取ては窮屈なれば帰路は仏国軍艦の護送を断はり自費にて英国郵船に乗込みて帰国したしと御申込みあらば仏国政府の費用を以て郵船にて送り参らすべし此議尊慮如何と謎を掛て誘ひたる事ありき。然るに幕使は其内情を解し得ずして左様なる自儘の儀を仏国政府へ申立て其気配を悪くせんは宜からず軍艦の窮屈は素より覚悟の上の事なり且つ郵船にて身分賤しき町人輩と同船して帰朝せんは御使の身に取ては恥辱なるべしと乙な所に斟酌して其事を申入ざりしに付き仏国政府は是非なくも軍艦をば出したるなりとぞ（是は帰路の仏艦中にて某士官より聞得たる談なり）」

と述べていて、当時の政治情勢を明らかにしている。

シンガポールからロニに宛てた松木の手紙では、

"From here we must change the ship & remove all our cargoes to another steamer to morrow & the present steamer is very good, but nother (sic) one is broken, & we fear that this half broken ship should be broken quite by the strong wave of the Japanese sea. The reason of our changing the ship is that fight in Cochin China (with the native being against the Franch Goverment) want more munitions, wherefore the ship "Europeen" shall depart to Cochin China."

と報じている。

松木の手紙の伝えるように、当時フランスは交趾シナで植民地化に反対するアンナンの人々と交戦中であった。コーチ・シナ三州の仏領化を認めるサイゴン条約が締結されたのは日本使節がロンドンに着いたばかりの一八六二年六月五日であり、翌一八六三年にはカンボジャと保護条約を結んでいる。フランス領コーチ・シナの完成は一八六七年であり、幕末の日仏交渉はフランス第二帝政期の東南アジア植民政策の枠内で見ると、危険をはらんだものであり、当時の洋学者のナショナリズムと開国への要求の微妙なバランスが理解される。アロー号事件を発端としておきた第二次アヘン戦争で二万の英仏軍が北塘に上陸したのは一八六〇年八月で北京郊外の円明園の有名な略奪はその十月であった。パリを離れる二十三日前ロンドンでも会った唐学員に再会し中国の状況を聞いている福澤は太平天国の抗争も知っていた。因みに『西航手帳』に「五月十三日支那人話長髪の賊頭洪秀銭朱天徳は已に死たり」とある洪秀全の病死は福澤帰国後の一八六四年六月で太平天国はその二十日後に滅亡したのであった。

エコー号が香港に着くと松木は江戸から来た手紙によって知った参勤交代の緩和やリヴァプールから希望峰を廻って香港に着いたアルルカン Arlequin という船の石炭庫の火事とその跡を見に行ったことなどを伝えている。

福澤はポワン・ド・ガルで香港の新聞を入手して大名とその家族が江戸を去りだしたこと

を知ったと『西航記』に記し、エコ号に乗り移ったことに付いても『西航記』に「仏蘭西船エコに移る。初使節シュエズを発するときエウロッパ船に乗り直に日本に到るべき取極なりしに、新嘉波児に至り交趾在留仏蘭西水師提督の命にてエコ船に乗換べき趣を使節に談判あり。エコは小船にて使節一行の人に十分ならざれども、此船に乗れば本港より直に日本え帰着速かなるべく、エウロッペン船にては先づ交趾に行き、水師提督の命次第にて諸方え航海すべければ、日本え帰ること必ず延引すべしと云えり。由て其意に従ひエコ船え乗換のことを取極たるに、此船も直に日本え至らず、交趾香港等え入津する由なれども、乗換の議既に定れるに由り再び之を拒むを得ず」と記している。極東で交戦中であったフランスにとって日本使節を送り届けるのは、厄介な事であったであろう。エコー号にシンガポールで乗り移ったのは陽暦では年を越した一八六三年一月三日であるが、この年の四月にロニは東洋語学校で無料の日本語の授業を始めることを許された。

東洋語学校での講義

今残されているロニの開講演説は一八六三年五月五日になされたものである。日本語の研究が欧羅巴で進まないで居た理由として読むことの難しさを挙げたロニは、イエズス会師の努力もラテン文字の転写であるため実際の役に立たないと指摘して、ローマ字は音を写すのみで観念を示す漢字を使っている日本語には無力であるといっている。「固有の単語をラテン文字で表すことに付いては、日本人が音でなく、心に事物や観念を喚び起こす字を使っていることを考えれば、それが如何に不充分であるかを理解するのは容易でしょう。ラテン文字に転写された日本文は同音語（それが多いのですが）が有る場合は、全く分からなくなります。一例を挙げれば、I-womirou と書けば『医を見る』か『猪を見る』か『夷を見る』か『井を見る』か決め兼ねることになります」と説明し、口語体、文語体、敬語など文体の幅の広さも学習の困難の原因にあげている。ロニはまた鎖国の結果、日本書が好奇心の的となって学習者の手に入らず、好事家の蒐集品となっていることを指摘し、ベルギーのゲント市で最近あった売立てでは日葡辞書が六百三十九フラン、ロドリゲス文典が千五十フランにまでなったことを挙げている。ロニはヨーロッパでの近年の日本語研究を概観しクラプロート、ティチング、シーボルトの将来本や復刻にも触れている。日本語研究がもたらすであろう情報の豊かさを示そうとロニは文学のみならず博物学（本草、薬学）、医学から数学、地誌、産業まであげているが、特に仏教研究に新しい局面を拓くであろうとしているのは、その後のロニの態度を理解する上でも興味深い。伝来の当初は抵抗を受けた仏教が日本で色々な宗派を産み高級な教養を得たと述べたロニは「このように日本語の知識は仏教研究に貴重な情報源を与えるのであります。いま言及した各宗派の文書を知って得られる利益の他に、日本のあらゆる僧院にある文庫にインドでも支那でも見つからぬ様な仏書の原典が、釈迦牟尼の教義の未だに理解されていない多くのドグマの意味を明らかにするような原典が存在することを、疑うことはまず出来ません。日本人が翻訳し、注解した支那文学の文学上の名作や孔子や諸家の著作についての文献学的研究や批判的研究については此処では話しません。日本文学のこの分野を概観するだけでも限られた時間を大幅に超過してしまい、私があなたがたと早く取り掛かりたいと思っているテクストの説明に入るのを、遅らせるばかりでしょう。

日本人が持っている程、豊かで幅広く、独創的文学をもつアジアの国は僅かしかありません。印刷所と本屋の発達でこの文学と比べられる様な活況を示している文学も有りません。毎年、ミヤコや江戸、大阪、長崎や、その他のより小さな町の印刷所は、この国で評価された旧著の新版や、新刊を民衆の色々な階層の判断に提供しています。日本と言う島の住人は読書が何より好きなのです。女性は特に暇の大部分を読書に費やすのです。この趣味は住人のあらゆる階層に根深いもので、ロシアの士官ゴロヴニンの言う所に依れば一兵卒まで朝から晩まで、番小屋で監視に立ちながらまで、本を読んでいない者は無いとのことです！」[10]と、日本に対する憧れをつたえている。

ロニは授業の為に『カタカナ伊呂波誦習』と『日本文集』を急いで作った。福澤の書き与えた道歌や、松木弘安が写真家ナダルの店で書いた色紙から竹内使節の『口上覚書』まで日本使節から貰った多くの文書を使った『日本文集』は既に多くの紹介があるので、ここでは『カタカナ伊呂波誦習』を紹介しよう。

これは全二十四ページの石版刷の小冊子で左開きからはフランス語で十二ページ、右開きからは日本語で十二ページ印刷してある。右開きから見ていくと、まず扉には二行に「巴里京都東―学―所石版印―羅尼揖著　丁敦齢抄」と右縦枠内にあり、真ん中に題が『カタカナ伊呂波誦習』、左縦枠内に「大―法―国　一八六三年―大―日本　文久三年」と二行に刷ってある。本文は「片仮名伊呂波」としてイロハが各々の字の下にローマ字で発音を振って示され、次いで「俗字」としてシ、ジ、ツ、ソ、マ、チ、ヂ、リ、ヲ、ミの続け字になったもの、繰り返し符号と「云」とトキ、トモ、ドモ、タマ、コト、ナリ、シテなどの合字を並べ、「二字相似」として、初心者が見分けにくい字ナとチ、リとク、ヌとス、ヲとテ、ワとク、ヤとマ、ケとク、ノとフ、コとユ、テとラ、ナとメを二行に相対するように示している。第三ページは同じ母音に終わる仮名、同じ子音で始まる仮名を並べ、濁音、半濁音の仮名、その無意味の組み合わせによる練習問題で最後にイツカ、キット、ニッポン、ブッタウ、イッセン、ヲットと有意味の単語で終わっている。ついで俗字を含む組み合わせでシマ、ヒトツ、モッ𪜈、チイサイ、ナントキカ、ワタクシ𪜈、マツリヿ、サキチト云ヒト、イロ〱玉、サン子ンニメ、ヲンナノフク、イマノチヤウセンノコマ」で第五ページがおわる。次の二ページはカテゴリー別で三百程の単語がならぶ。天、地、海、人、倫、人品、食、衣、器、獣、鳥、虫、魚、草、石、色、数、言の十八部門になっている。最後の「言」というのは動詞で「好む、物言う、見る、売る、座る、眠る、行く、書く、待つ、聞く、願う、喜ぶ、到る、来たる、出ずる、始める、送る、選ぶ、用ゆる、従う、望む、学ぶ、愛する、作る、治むる、求むる、ふらふ（?）、開く、知る、悲しむ、思ふ、帰る、立つ、習ふ、失ふ、物語する、痛む、巡る、定まる、拝む、雨降る、遊ぶ、読む、照らす、止まる、分かる、殺す、成る」の四八語がカタカナで並んでいる（ここでは読み易さを考え一応漢字を当てたが、他の漢字を当てることも出来るのは勿論である）。これらの単語は当時の日本語を写して興味深い。ロニが使節に会っては聞き質したのであろう。参考に続いている倫と人品の項目を元の仮名のまま挙げておく。原本では単語の間が空いておらず続けて書いてあるがここでは句点をいれた。

「倫。ヂイ、バ、、チ、、ハ、、ヲチ、ヲバ、ムスコ、ムスメ、ムコ、ヨメ、ウバ、キムスメ、ヲツト、サイヤモメヲトコ、ヤモメヲンナ、ケライ、トナリノヒト、トナリノヲンナ、トシヨリ、トシヨリヲンナ、人品。ミカド、タイクン、キサキ、ダイミヤウ、サイミヤウ、キミ、タミ、サトノタミ、ガクシヤ、イシヤ、クスシ、カキヤク、ツウジ、ヤクシヤ、ウカレメ、ノウフ」

このような単語から入るやり方は後になってもロニによって使われ、ここに出てくる単語がかなり後まで、つかわれ続けている。虫の項は貧弱でヘビ、ムシ、イモムシ、カイコ、イトド、アリ、ハチ、クモのみであるのはロニ側のせいか日本側のせいか、これに対応するフランス語での項目名は Reptiles（Insectes）となっていて虫は括弧に入っている。

次の八、九ページは数字であり最後に漢字混じりの文が一ページあるが、それは次の文で漢字には片カナが振ってある。

「僧尼

僧ハ浮図ノ教ニシタガフ者ナリ沙弥門／桑門比丘尼苾蒭𣱱云ナリ　又僧正僧／都上人和尚長老ナドハ僧官ナリ／国師大師号アリ　尼ハ女僧ナリ比丘／尼ナリ仏ノ四部ノ弟子ナリ尼姑ト／モ云　尤宗門ニヨリテ僧官異ナリ」

唯一の文章が仏教の説明であるのが注意を惹く。日本語のページはこれで終わり次は左開きのフランス語の最終ページとなり、正にこの『僧尼』の文のローマ字になる。そこで左開きにして、この冊子を見よう。

表紙は先ず叢書名が二行にCours méthodique de Japonais/1ère Partie-Enseignement élémentaireとあって横線が引かれ、その下に題名がExercices/de/Lecture japonaise/à l'usage/des personnes qui suivent le cours de Japonais/professé à l'Ecole spéciale des langues orientales/par M. Léon de Rosnyと筆記体で入っている。題名と下段の発行所名との中間にPrix 1 francと定価が入り、下段にはParis/Maisonneuve & Cie, Libraires Editeurs/15 Quai Voltaire/1863と発行所が入っている。次の丁が扉で叢書名の所がCours élémentaire de la langue japonaiseと成り、重線が入り、題名は表紙と同じく、定価は無くなって替わりにl'Ecriture Kata-kanaとはいっている。次の丁からは日本語のページの読みがロー

マ字で並んでいる。裏表紙も石版刷でありロニの日本語学習の為に書いた本の広告になっているが、『日本語考』は十二フラン、『日本文集』は九フランとなっている。

『日本文集』は片仮名と平仮名のいろはの次に『日本書記』の冒頭、ティチング＝クラプロートの日本王代一覧の抜粋、林子平『三国通覧』、クラプロート覆刻の一部、『太平記』の抜粋、『大学』の一部、階書と草書の『千字文』、柳亭種彦の『浮世新形六枚屏風』の序文、前述の松木弘安の「写真術は造物考乃画にして光輝は其筆なり」、福澤の署名入りの「植て身よ花の／そだ、ぬ里はなし／こころからこそ身／はいやしけれ」と本草、物産の幾つかの解説まで石版で刷っているが、ロニのものらしい筆跡で書かれた「日本熟語」と題された会話文が六ページある。「今日は。今晩は。あなたは御きげんよろしきや。あいかはる義も御ざりませぬ。私は不快で御ざります」と始まる短文集で「なんどきで御ざりまするか。正午でござります。二時で御ざります。もはやさようでござりましゃう」などの時間の言い方、天候などの会話、「私と一所にをいでなされませ。たゞいまハ以けませせぬ。いつあなた御もどりなさりませう。ちょうど二時の間に。然らバ私御まちもうしましやう」などロニが日本使節と付き合って覚えたと思われる句が多く見られる。

開講演説でロニは「大君の使節のヨーロッパ到来は日本研究に新しい世紀を開きました。

文語体の知識に俗語の実用を加えることが出来たのです。発音、単語のアクセント、熟語や砕けた言い回しの使い方、方言の違い等の新知識です。外務省の好意によって、この省の公費で日本使節についてオランダ、プロシャまたロシアに同行することが出来たのですがこの貴重な探索から充分利益を得ることが出来ました。親切で教育の高いこの四十人程の日本人の集団のなかでこうして暮らした日々と夜更しの間に私が得ることの出来た数多くの言語的事実を順々に諸君にお伝えするのは私の義務であると同時に悦びであります」(11)といっているが二十六歳のロニは実際希望に燃えていたのであろう。開講演説の最後は次のように結論している。

「大君の使節はヨーロッパ各国の現状を類いまれな洞察と繊細な評価力で探究していきましたが、多分、日本の程遠くない変化に大きな役割を演じることでしょう。この使節のメンバーの一人は二度目にフランスを離れる直前に『我々の国にどれ程自由が欠けているかと考えるともう眠れないのです』と打ち明けました。この人は革命の時期に自分の国の運命に関わるべく使命をうけた人間にあっては日々に強くなる、この精神状態に至っているのです。より良き未来への熱い信頼に加えて彼の心の奥深く高貴な熱情の種が植え込まれているのです。この情熱こそ、パリであれ江戸であれ、人々を偉大な国民にするのです。諸君、これが日本の現状です。ヨーロッパがこうした資質の国民から得る政治的、商業的利益は日毎に急速に増すばかりであります。日本語の研究は故に非常に多種の意味で時宜を得ると共に、確かな将来性のあるものです。この仕事を諸君に出来る限り楽しいと共に、容易なものにする様、最善の努力を尽す所存であります」

日本の使節たちと再会

この翌年には日本から池田筑後守使節が到着しロニは同使節団とも接触した。この悲運の使節の『復命書』に姿を現すロニは日本の為を計って却ってフランス政府から遠ざけられたという。『復命書』は「仏人にて羅尼と申者、先御使のものより懇切の待遇を蒙り候由にて、専ら御国の御為、乍蔭周旋等いたし、却而当時其本国政府の首尾を損じ、私共巴里滞在中には、日本人に接見の義政府より被差止候者杯に有之。羅尼義は巴里都府に罷在一人之書生にて東洋学熱心に有之、家産寒貧、老母奉養之暇読書三昧他志無之勉強いたし候趣にて、英仏学は勿論、支那学も相応に出来、唐音にて意味通じ、御国学は専ら研業中にて、已に寒喧下通の義は語言相通じ、文書上は大概の意味相分り、此節日本神代記等取調罷在候由」と勉学に勤しむ姿をつたえている。一八六〇年には白川寅太郎の『養蚕新説』を仏訳しているが、これは一八六〇年頃からヨーロッパに蚕に原虫が寄生する微粒子病が大発生し養蚕の脅威となった為もあり、メルメ・カションも、函館で上垣伊兵衛守国の『養蚕秘録』を入手して日本で訳し一八六五年に刊行することになる。微粒子病はパストゥルの研究で一八七五年卵の採取法で防げるようになり、又、リヨン商工会議所の要請で日本から送られた山繭がフランスで成功しリヨン＝横浜の結び付きの基となった。

一八六五年には一八六二年の遣欧使節の一行の一人であった福地源一郎もパリに再来した。小栗上野守の発意で仏人技師ヴェルニを上海から呼び寄せて始まる横須賀造船所の建設に際して幕府はフランスに帰国していたヴェルニと機械や技師の将来の打ち合わせのため文久の使節にも加わっていた柴田剛中、水品楽太郎、福地源一郎に、フランス語をメルメ・カションにならった塩田三郎、小笠原島調査をした小花作之助、富田達三、岡田摂蔵の六名を派遣した。福地の『懐往事談』によると「然るに此横須賀製鉄所取設の議は慶応元年に至りて愈々議定したりければ幕府は此年の四月廿五日を以て外国奉行柴田日向守（前に貞太郎と称して外国の組頭を勤め竹内松平が欧州使節の時に書記官長となりて随行したる人なり）に命ずるに御用有之英仏両国へ被差遣旨を以ってしたり、依て其随行員に組頭水品楽太郎（梅処）調役富田達三（冬三）、同並小花作之助（作助）、通弁御用塩田三郎および余の五名を命じられたり。此随行は余が兼て期せざる処なりしに此命ありたること実に望外の喜なりき。余が外遊は前後四回の多きに及びたれども真に愉快にして且つ見聞の益を得たるの多かりしは此行と其後明治三年に伊藤大蔵少輔（今の総理伯爵）に従ひて芳川君（今の司法大臣）と共に米国に赴きたるの両回にて今日までも常に記憶に留まるを覚ゆるなり」と述べ岡田の名は出てこない。福地はこの使節の訪欧にあたってフランス公使ロッシュから使節を大吏（アンバサドウル）と訳すのは不当だと注意を受け、特命理事官（スペシャル・コミショナァ）と改めたことを記している。一行には海外経験の有るものが多く、フランス語の出来る塩田が居るので福地は用も少なく楽しく旅をし、航海中は漢詩を作ったりしていた。七月にマルセイユでヴェルニの出迎えを受けた一行は軍港トゥーロンを見学してパリにむかう。福地はフランス語は出来なかったがパリで国際法を学ぶようにという内命を受けていたのでヴェルニの紹介で法学者の所に通ったが基礎知識も無く、仏語をロニに習うことにしたのであった。『懐往事談』はこの事情をユーモアを混じえて次の如く語っている。

「扨て巴里にてウエルニーに頼み其紹介にて二三の国法学者に謁して教えを乞はんと試みたりしに彼学者先生は快く承諾しさればとて課程時刻を定め愈々其教を受け掛て見たれば、余は先生が（仮令英語には御互に十分に通達せざるにもせよ）其法律沙汰の解し難きに辟易し、彼先生も亦余が法律沙汰には全く無智無識なるには驚愕して講義も説明も手の着かた無に困難したり。其困難の末が到底尋常の法理及び国際上の歴史さえ知らずして、万国公法修行などとは思ひも寄らざる目的なり。依て先ず一通り国際に関係ある歴史を学ぶべし尋常一通りの法律を学ぶべし、其為には英語にては不便なるが上に外交の用語は仏語なれば先ず仏語の稽古より初め玉ふべしとの引導を被つたり、此引導は甲の先生のみならず乙丙丁と紹介せられたる諸先生が異口同音の説諭にてウェルニーさえも遂に同様の忠告を与へたれば憐むべし外国方の一少年才子と云はれたるに福地源一郎が我こそは此行にて万国公法の秘奥を学び帰朝の上は雄弁を振ひ卓説を述べ外国の公使等を俎豆礼譲の間に論析して彼が替横傲慢を挫きて其胆を奪い其の心を寒からしめ以て日本を九鼎大呂の重に安ぜんなれと思ひ込たる雄志大望は僅か数日間の試験にて忽ち泡沫となり転一転して仏語生徒と相成りたれば是よりロニーと云える東洋癖の奇論士を頼みて仏語の稽古に従事したり。去れば余が此時の随行は其結果が英仏再度の見物と仏語修行とに止まつたりき。然れども仏語を少し学びたると外国の事情を些知り得たるは此行の利益なれば猶己むには勝つたりき」

ロニの貼込み帖にはこの時の福地の書簡やオランダ語による履歴が残されている。福地はこの滞在の際の柴田の統率振りとその努力と人柄に感服して『懐往事談』に記していることを付け加えておこう。

一八六六年には幕府はフランス公使ロッシュの勧告に従って翌年のパリ万国博覧会に参加することを決め将軍慶喜の弟、徳川昭武を名代として送り、箕作貞一郎、渋沢栄一などが同行した。当時のロニの姿は、函館でメルメ・カション（和春）にフランス語を習い、パリにいた栗本鋤雲によって、次の如く描かれている。

「岡士フロリヘラルト（Fleury Herald）学士ロニー共に我国に航来する者に非ず。然れどもフロリヘラルトは我国の岡士日尼泣爾を任せられ、ロニーは我国の書を読む者にして、共に我国に因あり、故に皆強めて我国を主張し、若し誹る者ある時は沸然の色言面に見るのみならず、平常の嗜好も亦粗々我々に模倣せんとせり。凡そ洋人の茶を喫する、必らず糖を点じ、然る後始て咽に下る。今此の二人、甚だ我の茶を好み常に糖を加へず、又時に抹茶を飲む。柳、嬌飾に出でず。ロニーに至りては洋咽を喫せず。我の煙を喫し、管袋都て我が邦製をはいせり。ロニー、歳二十余、一個の奇書生なり。家至て貧なれども産を治めず母に仕え、頗る孝なり。唯、性議論を好み善く人をそ激す。故に人甚く是を貴とばず。然れども善く我国の史書を読み、日本史、日本外史の類、剗ら遺す無く、傍ら雑書に及べり。現今巴里に於て日本学校の教頭を命ぜられ、徒弟頗る多し。屡々予の館を訪い、通常言語は故さらに訳者を謝し、対話す。但、語音桔屈、且つ助詞を解せざるを以て十中、僅に三四を諦聴せり。

ロニー鉛筆を以て我の字を書す。字格端正にして且、頗る速なり。自ら姓名を訳し、羅尼と書す。曾て人の嘱を受け、我国、桑蚕耕織の書を訳し又、彼国、新聞紙を訳し共に予に示せり」

ロニが遺した業績

ロニは次々と日本語学習の小冊子を出し、日本学者として認められてゆく。万博では幕府は琉球国国王として薩摩藩が出品しようとしていることを知り、対策に苦慮することになる。薩摩藩と幕府を巡ってのモンブラン伯や、アーネスト・サトウの動き、また薩摩の留学生を連れて五代とヨーロッパに再来していた松木弘安などともロニは交渉があったと思われるが、寺島宗則自叙伝は何も語っていない。

一八六八年、即ち明治元年には日本語講座が正式の講座として認められることとなり、日本語の実際の運用にはロニより経験を積んでいた対立候補レオン・パジェスを抑えてロニが任命されることになる。

この任命はアラビヤ文語のレノー教授が亡くなったのを機として日本語科を正科とすることになって実現したのであった。『切支丹宗門史』によって日本で知られているレオン・パジェスも日本語辞書をつくってこのポストを得ようとしたのであったが、五年来、日本語を教えているロニが任命された。ロニは一九〇七年七十歳の定年で退職するまで四十年間教授としてこの職に留まる。

ロニは自分の教授法を体系的にしようと試み今までの経験を七部からなる日本語コースとして刊行しだす。後になるとこれは十八部の構想になるが、実際には、組み直されて一九〇三年に菊判三百十四ページの『実用日本語講座―初級編』*Cours pratique de langue japonaise — Enseignement élémentaire* となった。第一部はイロハからはじまり、漢字が表意文字でありこれを知ることが欠かせないことをときながらも、文法の基礎概念と基礎単語をローマ字で示し、徐々に日本に馴染ませる形になっている。興味深いのは曾ての『カタカナ伊呂波誦習』から四十年たっても、その跡が残っていることで会話の入門で与えられる単語のⅥの項は「たみ、みかど、きさき、たいし（太子）、だいみょう、ししゃ（大使）、がくしゃ、てんもんしゃ（天文者）、いしゃ、かじん（歌人）、しじん」であり、Ⅶは「つうじ、たびと、のうか、かねもち、びんぼうにん、けらい、ほうゆう、てき、へいし、へいそつ、すいふ」となっていて幾つかの変更はあるものの昔の名残りが見られることである。三十歳で教授になってしまい、却って日本に来て日本語に触れ、基本的に勉強する機会を失ったことが、こうした所に出ているのであろう。簡単な対話のあと日本史と日本地理に出てくる固有名詞をおしえ、付録として歴代天皇の名と年代、将軍の名と年代をあげて第一部は終わっている。第二部はローマ字による易しい日本語短文の仏訳問題集でロニの弟子のフランスワ・サラザンの作った仏和語彙集からイロハ順に抜粋したものであり、付録に干支の解説がついて第二部がおわる。第三部は第二部の逆にフランス語の短文を和訳させる問題集で後ろに仏和語彙が付き、付録は年号の読み方で、年号の最初の漢字によるインデックスが付けてあり、例え

ば「享」を見れば Kyau-hau-1716（règne de Naka-mikado）— wa,-1801（— de Kwaukoku）とあって天皇名と享邦、享和などの年代が索ける。第四部になって初めて漢字の説明になり、実語経、邦文のイソップなどの実例で文語を説明し、ついで日本人の名前に付いての説明がある。漢字の表徴力の反面、発音を知るのが難しい例として、挙げられている名が入江文郎であるのが興味をひく。ロニは「例えば、前世紀の末パリに大変教育のある日本人が住んでいたがその姓は入江であり、名は文郎であった。日本人なら誰でも躊躇なく姓が理解できイリエと読めるが、名の方になると大概はブンロウとよみ、この読みにたいしてこの教養人は必ず、こうした場合にはブンロウでなくフミオであることは自分がちゃんと知っていると抗議するのであった」と書いている。入江文郎は明治四年にフランスに留学し明治十一年パリに四十六歳で客死した学者である。ロニは続いてカナ書きにされたフランスの人名や名詞の例をあげ、和歌の二、三をあげ、欧文による日本研究入門書について説明し、常用の漢字のリストで第四部を終えている。

第五部は種々の文体の解説であり、『三国通覧』から広告文まで出てくる。和歌の中に『日本詩歌選』中の羅尼自身の和歌「冬の野の木の葉に似たり我が命敢えなき風に散りや行きなん」が出ているが、松木弘安の『写真術は』の文が筆跡のままここにも使われている。この本が以前の著書の数々を利用して作られているのは明らかであるが、それなりに当時の必要に応じ、工夫も凝らしたものであることは認めるべきであろう。一八六九年（明治二年）にロニが出した教科書『始学日本安文』の序文がロニの教授法が形成されていく過程を良く示しているので次に一部を掲げよう。

「帝立特別東洋語学校の生徒のため難易度に応じて並べられたこの易しい日本文集は『初等日本語講座』の第六部にあたるが、この刊行で極東の島国の口語学習が目立って容易になることを期待したい。七年間の教育経験の結果、東洋語の学習を始める人達にとって生徒の進度に従ってしか難しい点が出て来ないように初歩段階から遠ざけてある、順序だって作られた教科書を与えることが如何に必要（著者は不可欠とさえ言いたいのだが）かがはっきり分かった」といい、漢字、日本字の必要を認めながらも、特に日本語が草書で書かれることが多く標準化出来ないことから日常行われる易しい文章を先ずローマ字で学び徐々に日本語の書体に入るとしている。「出来る丈はやく、『日本語講座』を形成する冊子を出したいと考えているが第一シリーズは、かなり進捗している」というロニは注で七部の内、一、三、七が既に刊行されていると書いている。一というのは *Résumé des principales connaissances nécessaires pour l'étude de la Langue Japonaise*『日本語学習に必要な主な知識概要』で一八五四年ロニが十八歳の時に書いた物である。ロニは東洋語学校に入って三年目であった。三は *Guide de la conversation japonaise*『江戸の発音による日本語会話手引』で一八六五年に刊行されている。この本は明治十六年になっても三版が出る程であった。七は *Thèmes faciles et gradués pour l'étude de la Langue Japonaise*『日本語学習の為の段階的日本語作文』で一八六九年刊行である。ロニの序文は続けて「残念ながら授業の義務の他、黄色人種の文学や民俗についての知識を広めるために引受ざるを得ない学問的仕事の為、望むほどの時間をこの教程の出版にかけられなかった。今年中には何冊かを出版し、次の休暇明けには何冊かを印刷に付し度い。この講座の成功のため著者が大変重要であると考えている語彙集の印刷（仏和と和仏の）は著者の意志のままにはならぬ事情で遅れているが、この事情については著者は喜ばねばならぬ。私の講義の注目すべき聴講者であるアベル・デ・ミシェル氏が仏和語彙の作成を引き受けて呉れていたのだが、このたびソルボンヌ付設の学校で安南語、すなわちコーチ・シナ語の教師に要請されたのである。このため氏はフランスで最初で自分が専念すべき教育が必要とする教科書の出版に持っている全部の時間を使わねばならなくなった。私が一八五四年以来そのため原典から採集し、読書しながら集め続けている和仏語彙についていえば、『講座』の第一シリーズ用にそこから抜粋するだけですむ。仏和語彙は、親切にも協力してくれていた私の聴講者のもう一人の注目すべき生徒ジュール・サラザン氏が自分のキャリアの為になる翻訳にすっかり時間を掛けなくてはならなく無かったら、かなり進行していただろう」という。注記して同時にした仕事として『養蚕新論』の翻訳の他、コレージュ・ド・フランスでの黄色人種文明史の公開講演のため自著の『黄色人種文明史』二巻、『中国語史』、『東アジア単音節語言語比較文法』を見直さねばならなくなり、ひいては新版を準備中であると言っている。三十歳のロニは未開拓の分野の仕事に精力的に取り掛かっていた。しかし時代を経てみれば、これは日本語を遠国で独学したロニの手に余るものである。

日本語講座が正規の講座になった時、ロニは自分の力のみで講座を保つ危うさを知っていた。彼は当局に日本人講師を雇うことを要求し、必要なら自分の給与をその分だけ、減らしても良いといっている。こうして、レクトゥル・アンディジエヌ lecteur indigène という本国の言葉を話す本国人を講師なり復習教師 répétiteur に雇う制度が産まれ日本語の第一号には栗本鋤雲の養子、栗本貞次郎が任命された。これは東洋語学校でもロニが始めたことのようである。その後の邦人講師としては次の人々があったことが、西堀昭氏の研究によって判明している。

栗本貞次郎（一八七一〜二）、今村和郎（一八七二〜七）、まつなみ（松波正信一八八七〜九）、もとよし・さいぞう（一八九〇〜二）、まるも（一八九四〜五）、おだ（織田万一八九八）、たなか（一八九九〜一九〇〇）、しげの（一九〇一〜二）、はやし（一九〇三〜四）、ごらい（一九〇五〜七）

栗本鋤雲が既にロニは議論ずきでと言っているが、ロニは人と仲違いすることも多かったようである。明治元年にはアジア協会の評議員の一人であった中国学者ボオティエと衝突して同協会を脱退し、十八年後に再び迎入れられるまで戻ることはなかった。翌年には東洋語学校が置かれていた王立図書館の評議員タシュロとも衝突している。

翌年ロニはパリで初めての日本語の週刊誌『世のうはさ』を出したが、続けることはできなかった。

『世のうはさ』は既に慶応四年に一度出されたことが岸田吟香の「もしほ草」第十六編に「西洋紀元千八百六十八年第三月廿四日即ち今戊辰四月四日フランス巴𨽻におゐて、羅尼といふ人はじめてよのうはさと外題せる新聞紙を刊行せり、みな日本のひらかなもて書き、日本人直によみえらるべきやうに、かきあらはせるものなり」という記事から分かる。この新聞からの書き抜きがのり、羅尼についての解説もあって当時日本まで一部は到来していると思われるが、その後現物はフランスでも発見されていない。我々の知ることの出来るのは戦前パリで石黒敬七氏が掘り出し、国書刊行会によって復刻された一八七〇年再刊行の一部のみである。奇しくもこれは書き込みによってロニが栗本鋤雲に送った物と推定されている。栗本は明治元年に帰日しているので、この推定には考慮の余地があるが、この一八七〇年はまた普仏戦争の年であった。パリはプロイセン軍に包囲され、このときには『世のうはさ』に協力した黒川誠一郎や前田正名、西郷従道、渡六之介などがパリに留学していた。後に子爵になる渡正元（六之介）はこの籠城の記録を残している。一八七一年三月には西園寺公望もパリに到着し、十年を過ごすことになるが、この年から日本人でフランスに留学するものは急に数多くなった。入江文郎がパリに着いたのもこの年の二月であるが翌年の五月に彼のつくった日本人フランス留学生の名簿には五十八人の名が挙がっている。また日本に来朝するフランス人も増え、お雇い外人以外の旅行者も多かった。中でも一八七一年にテオドル・デュレと訪日したアンリ・セルニュシチ（チェルヌスキ）Henri Cernuschi の名を挙げねばならない。イタリアからの亡命者であった彼はパリ・コミューヌに関わったため、その後、身の安全を図る為もあって、東洋旅行に出、後にセルニュシ美術館に収められる東南アジアと日本の美術品を蒐集した。今この美術館の中央を飾る大仏は目黒、播龍寺の露仏をこの際に買い取った物である。彼の蒐集した仏像は一八七三年にロニが開いた第一回国際東洋学会で展覧されロニによって解説されることとなる。一八七六年にはリヨンの染料工場経営者エミル・ギメが画家レガメと日本に来て各地で仏像や美術品を蒐集し、将来のギメ東洋美術館の基をつくった。近代化を目指す廃仏毀釈の日本は伝統的文化より西欧文化に目を奪われていた時期であった。パリに来る日本人には成島柳北の様な伝統文化の擁護者もいたが、成島が随行した大谷現如上人も近代化する日本での真宗の針路を探していたのであった。ロニの日本に対する興味は、日本独特の文化と中国文化圏内にありながら、独自の言葉をもち漢字を使いながら独自の書記法を育てた言語であったから、明治以後、西欧化の道を辿る日本には興味を惹かれなかったのであろう。ロニの日本語教科書の日本語が部分的には明治の影響が見られても幕末の状態に留まっているのは、この為とおもわれる。ロニに日本語の手解きをうけた生徒の中にも外交官になって日本に来るものも出てきた。ロニの希望する日本の書籍も手に入る様になった。リルの文庫には明治になっての『人類学雑誌』や幾つかの辞典も残されているが、ロニが蒐集したのは江戸末期の和本であり史書であった。明治が進み日本の現代語に接する機会が増えるのに反比例して、ロニは現代から遠ざかって行き一八八三年には『古事記』の仏訳、翌年には『日本書紀』の注釈と翻訳の刊行になっていく。

日本学者としてのロニの頂点は一八七三年、明治五年の国際東洋学会議であったといえよう。パリで開かれたこの会議は殆どの発表が日本に関するものであり、ロニは議長をつとめた。翌年にはロンドンで第二回、一八七六年にはサンクトペテルブルクで開かれることになる。パリでの第一回会議後、ロニは『日本、中国、タルタル、インドシナ学会』を創立し彼が会長となった。しかし彼の関心は日本語から東洋の宗教に向けられて行く。

一八七六年には、『実語経』、『童子経』の対訳を出し、一八八一年には、『日本人の宗教』で神道を論じたロニは一八八六年、高等実習院 Ecole pratique des hautes études の第五部として宗教学のセクションが開かれると、「極東の宗教」の講座に任命された。高等実習院は第二帝政期の優れた歴史学者であり、文部大臣であったヴィクトル・デュリュイが研究者養成機関としてドイツのゼミナール制度の優れた面を認めてパリに開いたゼミナール制による独特の高等教育機関であった。第一部『数学』、第二部『物理、化学』、第三部『博物、生理学』、第四部『歴史、文献学』の成功に続き第五部が開かれたのであった。ロニはここで主に仏教に就いて語り多くの聴講者を集めたようである。この任命が契機となってロニは再び「アジア協会」の会員に迎えられた。ロニの仏教の講義は成功しただけに物議もかもし、カトリック側から宣教運動であるとの非難もうけた。特にギメ博物館の仏像のため日本の僧侶を招いて法要をおこなったり、空海忌を行ったことが非難された。こうしたロニと仏教に関しては、筆者は一八九四年にロニが著した『折衷的仏教』*Le Bouddhisme éclectique* に接したばかりで充分に論ずる用意がなく他日を期したいが、ロニの新しい関心は、日本語の教授にたいする熱意を失わせたようである。

一八九八年にロニの許で講師を努めた織田万氏は厳しい評価を下している。織田氏はロニの教科書を「珍無類」と言い、「先づ日本に於て最も広く流布する教科書だと銘うって同校に採用されてゐたのが、かの『山高故不貴』で始まつている実語教であり、読本に使はれたモルソー・ショワジーとも云ふべきか、『九州第一梅、今夜為君開』を始め、幕末の須人口に膾炙した漢詩や和歌の教育が載せられてあつた。さうして日本の活字が得られなかつた時代であつたから、此等の教科書は皆銅版か鉛版かになつてゐて、相当高価なものであつた。会話書には『侍ガ奉行ノ前ニ呼出サレマシタ。』とか『ココカラ江戸マデ何里アリマス。』とか云つたやうな調子の対話が掲げられてあり、時間を表はすにも『午前第十字』と云ふ風に書く幕末から明治の初年にかけての書式であつた」[12]といい、週に一度ロニの自宅に通ったのも、「初めは何気なしに出掛けてゐたが、だんだん事情が判つて見れば、奴さんの講義の予習をしてやるわけであつた。それは学生の口から自然にばれたのであるが、私がこの自宅訪問の条件を履行しなかった翌日は奴さんの時間は大抵休講となつたのであつた。それを知つてからは、真面目に予習をしてやるのが如何にも詰らなくなり、さぼる度数がますます多くなつた。

学生は僅か四十五名だつたが、真面目に日本語の修習を志望してゐるのではなく、大概は金持の息子などで大学の卒業の困難な連中が、せめて日本語卒業の資格を得て、一年志願兵の特典にあづからうとするのであつた」と書いている。

織田氏は「時代錯誤の教科書などはそちのけにして」勝手な講義をするのでロニは不満で、「織田はづぼらで而かも無学だ」と授業で言い、学生から織田氏にこの言葉が伝わったという。これは織田氏によると「　」の古義が動物を表すのを織田氏がはっきり知らなかったのを捉えてのことという。織田氏は続けて「彼れの自宅での予習には抱腹に耐へないことが随分あつて、絶へず彼をちやらかしてやつた。その一二の例を挙げて見よう。太平記の一節に『鯨波地を動かし』と云ふ句があるが、彼は鯨波が鬨声の意味なることも知らず、専ら地震の事だと思つてゐるので、それには驚き且つ呆れざるを得なかつた。ただしそれは初め彼れに教えた日本人の誰かの罪であつたかもしれない」といい、『太閤記』で「小兵」というのを「只の兵士」と訳すので「小柄」の意味だといっても「彼れは頑として聞かず、文字の上で分つてゐるではないかと威張るからそれならお前は何故『大勢』をフールと訳するか、文字通りならばグランド・エンフリュアンスとかグランド・フォルスとか訳さなければなるまい、お前は日本の熟字が宛字で出来てゐることを知らぬから、とんだ誤解をするのだと言つて聞かせやつと承知させたことがあつた。要するに彼の日本語の知識はかかる程度のものであつた」といっている。この「鯨波」「小兵」については『太平記』は既に文久三年の『日本文集』に九ページの抜粋があり、その初めから四行目に「四海大乱テ百千殊安狼煙羽天。鯨波動地。至今四十余年」の句が見え、『太閤記』は明治七年刊の教科書『史伝雑集』*Extraits des Historiens du Japon* に『日本王代一覧』と共に今村有隣の筆跡で抜粋があり、その四十七ページに「此奴原ハ敵国ノ間者ナルベシ縛捕テ拷問セヨト士卒ニ下知シテ取巻キタリ藤吉少モ恐レズ其曾て左様ナル怪シキ者ニ非ズ仮令敵国ノ間者タリトモ小兵の某只一人大勢出合縛メ給フニ及バズ」と出てくる。一八七五年にロニは『太平記』の部分訳を出している。西欧の進んだ法学を習いに留学した若い織田にとってはロニの古い日本観にいらいらさせられたであろうことは想像に難くない。新興国日本から異郷に行って知日家とされるロニにあってその知識の偏っていることに憤懣を持っても無理がないしロニの人柄にも問題はあったろうが、この批判はやや酷な気がする。

一八七七年ロニは『世界科学者同盟』アリアンス・シヤンティフィック・ユニヴェルセル

を創設しているが、エスマン夫人の論文(13)によると、一八九六年のリストには福澤諭吉、『日々新聞』の福地桜痴(源一郎)、画家五姓田(義松)、箕作秋坪、加藤常隆、本野一郎の名が見えるという。

一八九三年ロニはフランス最高学府であるコレージュ・ド・フランスの中国文化教授エルヴェ・ド・サン・ドニの跡に立候補した。初めかなりの得票を得たが選ばれたのはフランス支那学の名を高めることとなる俊優シャヴァンヌであった。

一九〇六年七〇歳になったロニは東洋語学校を定年退職した。彼が蒐めた膨大な和漢書はパリのどの図書館でもなく、遠く北仏のリル市の図書館に寄贈された。東洋語学校とは円満な関係になく、アジア協会は一九〇四年に再び退会していた。高等実習院宗教部にはロニの書籍が寄贈されているが日本学、東洋学ではパリにロニが託したい機関がなかったのであろう。

一九一四年ロニはパリ南郊のフォンテエヌ・オ・ローズの自宅で七十八歳の生を閉じた。夫人の他、息子イスマエル、娘イジス、スープリ夫人、エスケール夫人となっている二人の娘がいた。孫も四人のこされていた。

ロニの死後八年が経ち、創立百年を迎えたアジア協会は百年記念にフランス東洋学各部門の歴史を書かせた。日本研究の部門は、東洋語学校で日本語のロニの跡を継いだドトルメール J. Dautremer であったが、ロニの業績について「これらすべては大変玉石混交であり、どれも完成に至っていないのは明らかである、大変浅薄な仕事であった。ロニ氏は稀に見る筆の軽さで、山程書いたが、その題目を掘り下げることは考えたことが無かった。日本に決して出向こうとしなかったのが一大欠点で、日本を知らなかったことが、あらゆる点で劣勢に立たしめたし、第一彼が教授を託されていた日本語の点で先ず、劣勢に立たしめた。彼は日本語についてほんの僅かしか知識がなかった」(14)と厳しい批判を残している。ドトルメールも、ロニの弟子で韓国語、韓国文化をリヨン大学の教授となって教えたモリス・クーランも外交官として日本に来て、日本語に習熟したのであった。ソルボンヌでは、東京帝国大学に仏法を教えに来て、日本語を覚えたミシェル・ルヴォンが日本語の教授となり、『北斎論』の大著と、『日本文学選』*Anthologie de la littérature japonaise* を一九一〇年に出すが、その中には「福翁百話」の一つが翻訳されている。若いロニが独りで乏しい資料と格闘して覚えた日本語は、後進の者にどんどん追い越されていったのであった。

福澤は蘭語で優れた師、同輩にめぐまれて勉強することが出来た。英学に転じてからはアメリカに二度、ヨーロッパに一年を過ごし、自分の知識を確実にすることが出来た。

文久三年帰国後、情勢は洋学に利せず、福澤は自宅に引き籠もって翻訳に専念し、読書に勉学に数年を費やして『西洋事情』を書きあげる沈潜の期間が持てた。

フランスで殆んど唯一人の専門家であったロニは基礎的学習を充分にする時間が持てなかった。最近の若いロニ研究家、シャイユ氏の近著の論文によると、[15]慶応三年にはロニを徳川幕府が日本で雇う計画がありながら、老母をかかえていたロニが受諾出来ないということがあったそうである。結果論ではあるがロニにとって実に惜しいことであった。エスマン夫人によると、リルにはロニのスクラップブックが他にあり、松木弘安の署名のある日本料理屋の品書きが出て来たという。チェンバレンが明治二十一年に『古事記』の古版をロニに送った手紙も発見されている。今まで軽視され批判を受けることの多かったロニについて、新しい資料が、より正確な評価を与えることになって行くであろう。ロニが子供につけた名前からエスマン夫人はロニがフリー・メイソンの会員であったことを推定していたが、シャイユ氏の論文ではフリー・メイソン参加の日時も明らかとなっている。

今後機会を得て、限られた資料によるこの略伝を補正したく思っている。

註

（1）*T'oung pao,* 1914. フランス語原文は『福澤手帖』第2号（昭和四十九年、一九七四）十ページにも引用してある。

（2）『日本仏学史研究』第5号

（3）尾佐竹猛「世界で最初の日本字新聞発行者ロニーに就いて」『伝記』第四巻、昭和九年三月号

（4）松原秀一「言葉に魅せられた人々5　アベル・レミュザ」（『月刊言語』昭和五十六年二月号、大修館）

（5）Paul Demiéville: Aperçu historique des études sinologiques en France, conférences faites les 15 et 16 mars 1966 à l'Institut de recherches de sciences humaines de l' Université de Kyoto 京都大学人文科学研究所 , ACTA ASIASTICA, 1968, pp. 56 ~ 110.

（6）Illustration, *Journal universel,* samedi 12 avril 1862. p.238, 尚二百三十六ページにマルセイユ港での一行の銅版挿絵がある。

（7）Illustration, *Journal universel.* samedi 26 avril 1862. p.262, 前頁に一行の正装の姿が銅版挿絵でのっている。

（８）芳賀徹『大君の使節』（中公新書、昭和四十三年）、山口一夫『福澤諭吉の西航巡歴』（福澤諭吉協会、昭和五十五年）

（９）福澤の英語には現在完了形が多用されているが、この下書きの書き出しの現在完了は手紙の原物では正しく過去形に直されている。

（10）Léon de Rosny: *Discours prononcé à l'ouverture de Cours de japonais à l'Ecole impériale et spécial des langues orientales,* Paris, 1863.

（11）Léon de Rosny: édition et traduction de Kobaudaisi, *l'Enseignement de la vérité, Zitu-go kyau, Dô-zi kyau,* Paris, 1876.

（12）織田万「レオン・ド・ローニー」（『国際知識及び評論』第一二巻、昭和十二年六月号）

（13）Suzanne Esmein: "Une Bibliothèque japonaise en France au milieu du XIXe siècle: celle de Léon de Rosny" in *Nouvelles de l'Estampe,* no 85, mars 1986.

（14）J. Dautremer: Les Etudes japonaises, in Société　Asiatique: *Le Livre du Centenaire* (1822 ～ 1922) Paris, 1922.

（15）Luc Chailleu: Léon de Rosny (1873 ～ 1914): *Première figure des études japonaises en France. Eléments de bio-bibliographie.* (Mémoire de la Maîtrise de sociologie)

217 pages, 1986.

（『近代日本研究』慶應義塾大学福澤研究センター
一九八六年「レオン・ド・ロニ略伝」を転載）

ポラン・パリスとガストン・パリス

ガストン・パリスは一八三九年にパリ東方のマルヌ県アヴネ村に生れた。父ポラン・パリスは当時三十九歳で長く王宮図書館写本室の司書をしていて、二年前、フランソワ・レヌアルの席を継いで金石碑文文学翰林院（Académie des Inscriptions et Belles Lettres 人文科学アカデミー）会員になっていた。十四年後にはフランス最高の学府であるコレージュ・ド・フランスで中世フランス文学の初代教授となる碩学である。ポランの父はアヴネ村で公証人をしていて、ポランもエペルネの町で法律事務所を開いていた兄の見習いをさせられてからパリに法律の勉強に送られた。元来文学好きで法律の試験に身が入らず失敗すると、父の死に逢い、文学に専念し、バイロン全集の仏訳をしたり、『ロマン派の弁護』という著作を一八二四年に出版したりしていたが、この年に恋愛結婚をして、働かざるを得なくなった所、好運にも王立図書館の仕事があったのである。二年後、仕事振りを認められ正式司書となったポランはラテン語写本に比して後廻しになっていた中世フランス語に専念し、古写本を読んでいるうちに権威となってしまったのであった。もっとも既に彼の処女著作『ロマン派の弁護』中で、『散文ランスロ物語』の中世末の古写本を読んでいて、ダンテが『神曲』で挙げているパオロとフランチェスカがこの物語をよみつつお互いの愛を自覚したその件りに行き当った感激を語り、スペイン、イタリア、イギリスのルネサンス文学の源泉がフランス中世のロマンスであるのにフランスでは一向に読まれなくなったことを嘆じているから、中世に対する好みは若い頃からのものであったようである。

丁度、フランス革命で閉ざされた数多くの修道院や教会から集められた古写本が続々と王立図書館に収められ整理の段階であった。フランスの誇る古文書学院（エコル・デ・シャルト）も司書養成のために建てられ、認可状はモスクワ遠征途上のナポレナンが出している。ポランは武勲詩『大足のベルト』『ロレーヌのガラン』、十字軍に題材を採った『アンティオケア物語』等の中世フランス語作品を刊行し中世仏語写本の七冊本の解説目録を出し、十八世紀以来サン・モールのベネディクト派修道会が出し始め現在も続行中の大冊の『フランス文学史』*Histoire littéraire de la France*（現在まで四十二巻が出、十四世紀末に達している）に『バラ物語』についての三百頁の論文はじめ多くの叙述を寄せ、一八五二年には前述の如くコレージュ・ド・フランス教授に任命された。

ガストン・パリスは幼少の頃から父の友人の古文書学者、古典学者の間で育ち、父の膝で『シンデレラ』や『青ひげ』と共に中世の『ロラン』『大足のベルト』や名馬バヤールの話を聴いて成長した事を後年の大著『シャルルマーニュ伝説』の序文で懐しく回想している。後年ガストンはコレージュ・ド・フランスで父の跡を継ぎ中世仏文学の教授となった時、開講に当って「ポラン・パリスと中世仏文学」についての講義で始めているが、ガストンにとってポランは一生の指導者であった。ガストンの仕事と父のコレージュ・ド・フランスの講義題目は相関性が高いのが注目に価いする。

ガストンが高等学校で充分に古典文学を学ぶと父は十七歳のガストンをボン大学のフリードリッヒ・ディーツの許に送った。父ポランは独学の自分には厳密な体系的方法論が欠けているのを痛感していた。息子の将来のためにドイツ語の知識と、当時ドイツに興ったインド・ヨーロッパ語比較文法の科学的方法が不可欠であることも解っていたのである。ロマンス語比較文法の建設者ディーツの業蹟はフランスでは既にリトレによって紹介されていたが、その地味で厳密な学風はあまり理解されずにいた。さすがにポランにはディーツの仕事こそ新時代を拓く学問である事が解っていたのである。

当時ディーツは既に六十二歳であったが隣国の学者から託されたこの十七歳の青年を「息子の如く」愛し教室のみならず自宅で、又、共に散歩に出ては比較文法の科学性、その方法の厳密さと意義を解明し、ガストンの初学者の疑問の一つ一つを真面目に丁寧に共に考え学問の世界を啓示したのであった。ガストンは後年この時代を想起して、極度の近視で内気な老ディーツが話し馴れぬフランス語で自分の相手をしてくれた情景を感謝をこめて描いている。この師弟の間は永く深く変る事なく続き、普仏戦争が二人の祖国を対立させても何の障害も受けなかった。

ディーツがロマンス語比較文法の創始者となったのにはゲーテが機縁となっている。ディーツはガストン・パリスに自分は文学史に興味があったのだがここまで言語学に踏込んだ今では引返す訳にも行かぬと述懐したと言う。これには次の事情がある。

南仏にレヌアル Raynouard という弁護士がいた。熱血漢でフランス革命の時、代議士に撰出されパリでジロンド党員として活躍し、投獄されては獄中劇作に専念し、出獄後は『テンプル騎士団』という劇で好評を博したりした。ナポレオン時代には一八一三年国民の不平を訴え自由を求める直言をしたりしたが、王政復古と共に一切の政治活動と創作を止め、南仏中世文学研究に没頭した。彼は先ず『ラテンヨーロッパ諸語とトロバドウル詩人用語の比較文法』を一八一六年に出版し、ついで南仏抒情詩五巻、今日も中世南仏文学研究に欠かせぬ『ロマン語辞典』六巻（一八三六年〜四四年）を出版した。彼の「恋愛評定」研究はスタンダールが『恋愛論』に利用している。彼はスペイン、ポルトガル、イタリア、フランス等南欧諸語は南仏プロヴァンス語を祖語とすると信じ、その仮説の上にロマンス語の比較文法を書いたのである。尚「比較文法」（グラメール・コンパレ）という用語も彼が最初に用いたのであった。ゲーテはこの文法を多大の興味をもって読み、丁度大学を終え、イエナにいたゲーテに会いに来たディーツにレヌアルの文法について語り手近の紙片に書名を書いて与えたという。これが一八一八年の事で、ディーツはこうしてグリムがゲルマン諸語に用いた比較研究をロマンス諸語に応用し、プロヴァンサルも伊・仏・西語ポルトガル語ルーマニア語と同じく共通の祖語たる俗ラテン語から派生した事を立証し『ロマン語比較文法』三巻と『ロマン語語源辞典』一巻でロマンス語学を創立した。フランスに芽生えたロマンス語比較文法はドイツに結実し、ガストン・パリスによって再びフランスに移植される事になる。ディーツの所に一学年を過したガストンは、次の一年をゲッティンゲン大学で過ごした。ギリシャ史のクルツィウスの講義は特に彼を惹きつけ、高校時代の古典文学熱を新にした。テオドル・ミュラーやベンファイの講義も聴いている。

二年の留学を終え父の許に戻たガストンは実証主義の方法論と技術を充分に身につけていた。一年後に古文書学院（エコル・デ・シャルト）に入学し三年の厳格な歴史学教育を受け、二番の成績で卒業した彼は、師ディーツの理論による卒業論文『フランス語に対するラテン語アクセントの役割』を出版して学界に入る事になるが、この論文こそフランスに於ける最初の科学的体系的フランス語史の業績である。

この論文執筆中ガストンは音韻史上で師の解釈と異なる考えを持つに至りディーツに手紙で意見を乞うた。ディーツはこの若い弟子に「友よ、私の意見はこうです。それは私の解釈が疑わしかったら自分の考える所に従えと言うことです。立場の違う権威の意見を信じ込まない様になさい。我々は皆、誤るものです。老人は自分達の慣れ親しんだ考え方に特に捉われ易いという欠点があるものです。青年は我々より活力があり捉われず我々の見逃した事を見付ける事も多いのです。もし誤りを発見したら遠慮なく言いたまえ、言って下されば有難く思います」と答えた。ガストンはこの碩学の謙虚さと学問に於ける私情の皆無なことに感銘を受けた。このディーツの言葉についてギリシャ文学者クロワゼは「この手紙はディーツが書かなかったとしても、ガストン・パリスは自分の後進に同様なことを書いただろう」と言っているが、事実ガストンは自分の弟子ベディエが自分の叙事詩起源論、ファブリオの起源論を否定する仮説を立てた時も充分にその論点を認め、弟子に対する所は全く変らなかった。ガストン・パリスの門下からはニロップ、ルスロ師、ジリエロン、ダルメステテール等独創的な学者が多く育ったが、そこに見られる老人も青年も共に学問に自分の最良の部分を加え共同で学問を発展させようとする精神は気高く美しい。この心情を共に持つ事でディーツとパリスの間には国境、年齢を越える絆が結ばれたのであろう。

（『言語』大修館「ことばに魅せられた人々」連載第一回　一九八〇年
「ポラン・パリスとガストン・パリス」を転載）

G・フォーレとヴィアルド夫人のサロン

井上二葉さんから電話を戴いてフォーレ協会で話して欲しいと頼まれました。自分は音楽は大好きだが、音楽は聞いたり音を出したりするもので素人が論じるものでは無いと考えていまして、今までも公的なところで話したりしたことは無い。それがフォーレ協会のように特に専門家の多い集まりでは尚のことです。しかも音楽家だけでなく今日はフランス文学の専門家も多くお見えのようでどうも困ってしまっております。私自身は主にフランスを中心とした中世文学、説話を調べるのが仕事ですが、特に仏教から出た説話がヨーロッパに幾つもありましてそれを追っ掛けて調べているのです。専門の話で一般にも興味を持って貰えるような所は大体本に書いてしまっていて手持ちの面白い話もあまりありません。フランスの経験も会員の皆様は充分お持ちでこの所数年フランスに住んでいない私の申し上げることもちょっとありません。

フォーレ協会に入会を勧められた時には喜んで入ったのですが、日本でフランスの音楽は流行っているようでも少数派の物でありまして、好きな方は勿論いらっしゃるのですが、例えばレコードを買いに行きましてもフランスのものは非常に少ない。今回お話をお引き受けしてからＣＤを捜しにいってみましたがフォーレのＣＤも数枚しか有りませんでした。もっともトゥーミールのＣＤを二枚見つけましたがこれなど珍しいことで、売り場でフランス音楽が占めている割合も大変少ないのです。

私は日仏会館の仕事もしていますがゲルムール館長の時にフランス音楽の夕べを復活してみて井上さんや三上明子さんにもお願いして十年程前から毎年一回やっていますが性質上フランス音楽のみのプログラムにしています。すると如何に切符を売るのが大変か良く分かりました。大体プログラムで第一次大戦以後の曲を並べると学生でも中々買ってくれません。一流の方にお願いして一流の曲を並べても惨憺たる売れ行きで、優れた演奏家を学生時代から友達のよしみでお願いしても四百十席のところ数十枚しか売れなかったりして申し訳ないことになったりします。毎年色々な方にお願いするのも気が引けている所にフォーレ協会が出来るというので喜んで参加させて頂いたわけです。

日仏会館は昭和十年にも啓蒙的な連続音楽会を三日やっています。今回十月二十四日から水曜毎にフランス音楽の動向という題で五回の文化講座をやることになっていて藤井一興さん、野平一郎さん、永富さんなどにもお願いしてやって頂くことになっていますが、昭和十年の日仏会館のフランス音楽の会ではこのとき会館の研究員だった法律家のベルジェ・ヴァションという後にソルボンヌの教授になられた方がデュパルクとフォーレなどを歌っています。ジル・マルシェックス氏がピアノの演奏に来たり、昭和十五年だったかフローラン・シュミットも来ておられますが、日本ではフランス音楽というと大体生きている音楽家のものはメシアンを除いては殆どやらない。戦後はデュティユーも来ましたし日仏学院にはガロワ・モンブラン先生もいらっしゃいましたが第一次大戦前後、要するに大正時代の人でないと演奏はされないのが長い伝統だったといえるでしょう。ですからフォーレ協会が出来たのは素晴らしいことで嬉しくおもいますが、協会もフォーレだけではなくその後のフランス音楽も聞ける会にして頂きたく思っております。

ベルジェ・ヴァシォンさんはよく私の父の所にも来られました。メロマーヌでもあり母の兄が音楽好きであったのでそこにも来られ合わせものを楽しまれたようです。当時はフランス人は東京でも少なくヴァションさんも日本人との付き合いを求めても余り得られず、寂しかったらしく両親の所にもよく来られたことを覚えています。夏休みにはシベリア鉄道を使って伯母さんや妹さんを日本に招んだりもされ、日本におられた藤田嗣治氏と東北旅行などされたりもしたようですが、週末とか夜は淋しかったらしいのです。昭和五十六年に母とベルジェ・ヴァション家を訪ねました。先生は亡くなられていましたが奥さんにお目に掛かりました。その時に名刺をくださったがそこに mardi とかいてあり消してあった。これは何かなと僕が眺めていたものですから夫人が、昔はマルディ（火曜日）に午後のお茶をしていたのだが、戦後はそんなことは出来ないのでと微笑まれたのです。なるほどこれがサロンかと思いました。週の日を決めて人を受け入れるというのは小説でも読んで知っては居ましたがなるほど本当なのだなと思いました。

欧米の人にとって戦前の日本は夜の寂しい国であったらしい。今年は慶應義塾がハーヴァード大学から三人の教授を招いて大学令による学部を作って百年になりお祝いをするのですが、百年まえ、明治時代の日本に来ていたナトルプという宣教師の方が間に入って斡旋してくれたのです。そのナトルプという人がハーヴァード大学から経済学部を作るために慶應に赴任してくる先生たちに出した手紙が最近本になってでました。それを見ますと、大変な高給を払っているので驚きましたが、決して単身で来ない様にと書いてあるのです。必ず奥さんなり妹なり家族を連れてくることの必要を説いています。何故かというと日本は大変夜淋しい国だからと言っています。

日本に来た留学生が夜淋しいというのは今でも続いていまして、確かに赤提灯などはありますが夜は外国人であることをしみじみ感じさせられているようです。我々にしても同じことで一人で留学すれば相手もなく黙々と食事をしなければならないことも多い。私がはじめてパリに留学したのは昭和三十一年で日本は戦災復興途上で憧れのフランスに行ったわけですがフランスの生活は憧れるばかりで実際は知らない。幻のフランスに喜んでいったのですが行って見ると暮らし方が見当が付かず戸惑うことが多かったのを思い出します。フランスの先生方の生活を見ていると、人にも依りますが夜の食事後は仕事をしないらしい。食事が遅くて八時ごろからの方が多いせいもあるし葡萄酒を飲むせいもあるでしょう。我々はどうも夜型で夜更しをして朝が遅い人が多いがフランスでは早起きをして朝勉強をする方が多いようです。夜は友達と食事をしたり喋ったりしている。又、友達は自宅に招ぶ。今ではクルースというようですが昔は外人留学生の為にコパール、コミテ・パリジアンというのがあって外人学生を招んでくれる家庭を世話したりしてくれました。パーティーもあるし友達を作れるように世話をしてくれる。ところがフランス人に招ばれるようになるのは難しい。色々話掛けてくれた時に上手く応対しなければなりません。日本のことを聞かれると向こうは好意でしょうがこちらは大変困る。どうしても当たり触りのない答えをしてしまいますがそうすると段々招ばれなくなる。「調査の上お答えしましょう」みたいな返事が一番いけない。応答のこつはどうも向こうが予期しなかったはっとするような答えをすることで、少し当たり触りのあるような返答をし、オヤと思わせてから、実はこれはこういうことなのだ、と相手が安心するような旨い解答をつける。するとあの人は面白いと思われて次にお客をするときに思い出して貰えるらしいのです。

なにしろサロンが中世からあり、マリヴォーやミュッセの芝居などみて子供のときから気の利いた会話の訓練をしているのだからかないません。昭和四十四年にパリ第三大に単身赴任して二年教え、五年ばかり前にもエセックというビジネススクールに教えにいきましたが中々家族を連れては行かれません。留学時代の友達や旧師がお茶や夕食に自宅に招んでくれたりしましたが、大変嬉しい。そうでも無いと一人でぼそぼそレストランの片隅で夕食をすることになります。招ばれると必ず相客がありフランス人の会話を楽しむ態度に接することができましたが、なるほど日本は夜淋しいというのはこういう事が無いからだなと感じました。パリ第三大学に行っていた時はジュヌヴィエーヴ・モリタ夫人が毎週水曜の昼食に招んでくれましたが、この方の御主人は結城素明の御兄弟で旭ガラスの日本代表で戦後パリで亡くなられました。夫人は戦前から古沢淑子さんと親しくしておられた方で自身チェロとピアノをお弾きになりよく日本の音楽留学生を下宿させておられました。尾高夫妻も阿部慎蔵さんもここにおられました。食事に行きますと必ず招ばれている人の他に毎回違う人が招んであってなるほどこうして知人を増やしていく伝統が残っているのだなと思わされました。戦前から日本人を色々知っておられるのでフランス人との付き合い方についてそれとなく教えて下さる。大変感謝していますがフランス人との付き合い方は確かに我々には難しいことがあるようです。今、日本には若いフランス人が随分来ていて日本語も分かる人も多くなりましたが、この人達にとっても同じ様に日本人の社会に入るのが難しいようで、見ていますと、これは当たり触りのあることを逆に言いすぎて敬遠される面があります。フランスではse faire remarquerといいますか若い人は目立ちたいし、謙虚にしていると馬鹿だと思われるらしく目立たなくてはいけない。何人かで話をしていると必ず異論を唱える人が出てきてそれを巡って話が進展していくのですが、日本では反対意見を述べて目立っていると、あいつは扱いにくくてということになりがちです。テーマがでるとアンティテーゼが出てという多声的な発展をするレトリックというのは日本人はどうも乗りにくい。パラドックスを楽しんだり、誰かが感心したりすると若い人だと、ボフとかいって必ず反対してみせて議論を発展させて楽しみ、しかもエレガントに応酬するというのは長いサロンの伝統が育てたものなのです。

サロンはフランス的なものですが元来はイタリアからルネサンスにフランスに輸入されたものです。最近、石井宏さんが『クラシック音楽意外史』という面白い音楽史を書かれ、日本ではルネサンス以後の西洋音楽をドイツ中心に考えているが、実は常にイタリアが中心であったことを分かり易く説いていらっしゃいます。文学、美術から歴史、法学にいたるまでイタリアはヨーロッパの主流だったので、産業革命後の英、独、仏の興隆と植民地拡大に日本は目がくらんでヨーロッパというと英、独、仏しか見なくなったのです。植民地化の危険を恐れた明治時代は仕方がありませんが、そろそろヨーロッパを見直す必要があるでしょう。

イタリアというのはヨーロッパの中心だったので全てのものはイタリアから、というかローマから発するとみることも出来る訳でフランス料理にしてもイタリアから来たものですし、法律学でも古典研究でも美術でも音楽でもイタリアを無視しては理解できません。パリのコンセルヴァトワールでもローマ賞を出し作曲家をファルネーゼ宮に一年送りますしエコル・ノルマルでも優秀賞はこの宮殿にあるローマ学院への留学です。ヨーロッパ理解にはローマからのイタリアの伝統とアラビヤ文化を視野に入れなければなりません。私はフランス中世文学をやっているのでフランス人の書くフランス文学史をいくつも読むわけですけれど、その中には非常に大きな視点が抜けているのです。ぼかしてあるというのかもしれませんが、それはアラビヤ文化の存在で十字軍関係の文学作品以外ではアラビヤの存在について言及しません。しかしアラビヤは中世のフランス人には常に意識されていたのでアラビヤをどう意識していたかという視点からフランス中世文学史を書き直すことが出来ます。たとえばアーサー王物語をヨーロッパ小説に初めて持ち込んだとされるクレティアン・ド・トロワという十二世紀の作家がいますが、この人の作品でもあるいは彼とならぶ作家ジャン・ルナールの小説にもフランスの貴族の息子とドイツの貴族の娘が結ばれる話があります。これはオーストリアのむこうは回教国でそれに対立して同盟する必要があったからですし、ほかにもキリスト教の女性がアラブ人と結婚する話なども沢山あります。騎士たちが興じるチェスやバックギャモンなどもアラビヤ渡来のものですし、絹、香料などみなイスラムから手に入れるものです。フランスの中世小説に出てくる空飛ぶ木馬や船を引き寄せる磁石の島などもイスラム系のものですし、十二世紀の発明とされる変愛にもイスラムの影響が濃いとおもわれます。こうしたことはフランス人は余り触れないのですが日本人が東から眺めると、フランス人が眺めている光景とは全く違う風景が見えるわけで、改めてフランス文学史を見直す必要も出てくるわけです。

サロンについても同じことでフランス文学史ではフランスでのサロンの発展は流石に起源がイタリアだとは書いてありますが、色々書いてあるのはフランスで如何に育ったかで、イタリアの強い影響が続いたこともリヨンで十五世紀末から文学運動の中心としてのサロンが起こったことと、この町がイタリア文化の通り道であったこととの関連はあまり触れません。

この点では宮下志朗さんの名著『本の都市リヨン』（晶文社）を是非見て下さい。堀辰雄が訳したルイズ・ラベなどリヨンの女流詩人ですが有名なソネットの第一歌はイタリア語で書いている位ですし第一ソネ、ソネットはイタリアで作られた詩形です。十六世紀の始めイタリア戦役でイタリアのルネサンスを発見したフランス貴族はイタリアの洗練に憧れてなんでも真似した訳ですし、高齢のレオナルド・ダヴィンチなど気の毒にフランソワ一世にフランスに連れて来られてアンボワーズの傍のクロ・リュセで没することになります。フランス王家はメディチ家からお嫁さんを貰い、フランスに来たカトリーヌ・ド・メディチは聖バルテルミーの虐殺もしますがフランスにイタリア料理を齎らしますし、アンリ四世の王妃マリー・ド・メディチは憂欝なパリに明るいリュクサンブール公園を作ります。大臣のコンチニとかマザランとか音楽家のリュリもイタリア人でした。

フランスの貴族と結婚したイタリア女性は殺伐としたフランスに優雅さを教えようとサロンを開いて男性教育をした訳です。アンリ四世の妹のマルグリート王妃のサロンも文人を集めて有名でもあり、これにつぐものは一六二〇年ごろはじまるランブイエ侯爵夫人のサロンでしょう。この人はカテリナ・デ・ド・ヴィヴォンヌ・ド・サヴェラといって、フランス大使だったピサニ侯爵がローマの貴夫人ジュリア・サヴェラに産ませた娘で、後にランブイエ侯爵となるシャルル・ダンジェンヌと結婚したのですが、一八一〇年ごろからルーヴル宮のそばの自宅でサロンを開いたのです。ルーヴル宮廷が野卑なのに耐えられなかったのと続けて七人も子供を産んだこともあって宮廷に出られないので自宅に人を集めたのがサロンになった訳です。リシュリュー、後に大コンデ公となるダンギャン公爵、マレルブ、ヴォージュラ、ヴォワチュールなどが集まり洗練された会話を楽しんだのです。サブレ侯爵夫人もサロンを開きラ・ロシュフーコー、ラ・フォンテーヌがここから巣だっていきますし、一六二九年から文人のヴァランタン・コンラールのところにポワロベール、シャプランなどがイタリアのアカデミーアを真似て集まりますが、これをリシュリューがアカデミー・フランセーズと改変してフランス語の浄化のために文法と辞書と詩法を作る機関にして今に続いているわけです。

このころのサロンを開いたのは貴族の奥さんたちでした。フランス文学史をお読みになれば色々書いてありますし戸張規子さんの本も有ります。スカロンの娘もマントノン夫人となってサロンを開きますし、色々出てきます。私がパリに留学しましたとき始め三年は大学都市の日本館にいたのですが、大学都市という駅は当時はメトロではなくてソー線という国鉄の駅でした。ずっと乗って行くとソー公園という駅があってみごとな広い公園があり、そこでよく音楽会が開かれ野外だったり、小さなパヴィヨン、パヴィヨン・ドーロール『暁の吾妻屋』といったと思いますが、ラスキーヌ夫人のハープでラヴェルの『序奏とアレグロ』を聞いたりパレナン四重奏を聞いたりランパルを聞いたりしました。このソー公園はメーヌ公爵夫人の館のあとなのです。このデュシェス・デュ・メーヌのサロンも十八世紀ですがヴェルサイユと競うサロンとして有名でした。

こうしたサロンでフランス語が作られて行く訳で、地方の訛のあるフランス語とかギリシャ語やラテン語を知らないと分からないような単語を使わないとかフランス語の会話が洗練されていくのです。「女性でもわかるように話す」というのが原則ですが、これは女性蔑視に聞こえますけれども、当時は男性がラテン語を習ったので、丁度、平安朝の漢文のように学者はラテン語で本を書きサロンではラテン語、ギリシャ語を学ばないでいる女性にも分かるように話すという所から優雅なフランス語が生まれてくることになります。勿論女性でラテン語を勉強する人もおりましたが、それをひけらかすのは嗜みのないこととされ、優雅というのも「歯」のことを「口の中の家具」といったり余り気障なのは「才女振り」といわれて嫌がられモリエールが『才女気取り』『女学者』という劇で批判したりします。そして田舎から出てきた言語感覚のするどいヴォージュラという人の書いた『フランス語文法覚書』

という本が必読書となってヴェルサイユ宮のフランス語が明快で優雅で論理的な古典フランス語となって当時の国際語になっていったわけです。従って今のフランス語が出来るには女性の貢献が大変大きいこととなりサロンはフランス語の温床だったことになります。

サロンは貴族のものだったのですが、時代が進むとともに貴族でない人もサロンを開くようになり十八世紀には領地を持てない町民、ブルジョワというのですが、彼らでもサロンを開くようになりますし、会話も文学、芸術ばかりでなく政治的なものになって行きます。十八世紀にはカフェも出来て政治論が闘わされフランス革命に到り、同時にサロンも消滅してしまいます。革命後にサロンが復活するともう指導階級とは直接結び付かないものになりまして、文学者や音楽家を集めるのは実業家の奥さんになっていくのですね。最後の文学サロンといわれたのはレカミエ夫人のサロンで、彼女は銀行家の娘です。シャトーブリヤンの愛人でもありましたし、同じ銀行家出身のスタール夫人の友人でもありました。フランス革命は土地所有の革命でそのあとナポレオンが出てきてイギリスを海上封鎖したりしますので産業革命が入ってくるのはナポレオン失墜後も一八三〇年のルイ・フィリップ時代になるのですが、急速に工業化が進み、労働階級も産み出されますがそれと同時に大変な金持ちも出てきて新興ブルジョワジーがかつての貴族を真似してサロンを持つようになります。

しかしこの新しいサロンはアカデミーの会員選挙に影響するとかオペラ座の支配人の人選などには力も示しますが、政治的な力はもう持たなくなっています。かつての貴族たちはこういう新興サロンはまあ馬鹿にしてみているわけですが、しかし中には非常に面白いサロンも生まれて来ているわけです。その一つで外国人が作ったサロンとして有名なのがサンジェ・ポリニャック夫人のサロンです。ミナレッタ・シンガーというアメリカ人ですが、シンガーミシンのお嬢さんですから大変な金持ちですね。しかしフランスは金だけでは幅が利かない国で日本と違いますので、社交界に中々入っていけない。そこで生まれとしては申し分のないポリニャック公爵家に嫁にいきまして、シンガー・ポリニャックという家系が出来ます。フランス読みでサンジェ・ポリニャック財団というのをつくって学術出版に資金を出したりしています。シンガーミシンですからアメリカの成り金なのです。このミナレットというお嬢さんはパリでも暮らし大変教養もあるし、お金がありますから食事の時にカペ四重奏団にベートーヴェンのカルテットを演奏させるとか贅沢なことをしていますが結婚してからサロンを開きます。この夫人については十年程まえに大きな伝記がでましたが非常に面白い。音楽好きだったので当時の音楽家が色々招ばれて出入りしています。サロンが文化活動に占めている役割の重要さがよく分かります。

フォーレについて話さないかと言われて思い出したのはフォーレを育てたクレール夫人というル・アーヴルの音楽好きの一家で、フォーレはこの一家に歓待されてそのサロンの常連になりました。それと一八七二年にサンサーンスに連れて行って貰って常連になるポリーヌ・ヴィアルド夫人のサロンのことです。一八七二年というと普仏戦争の二年後で、普仏戦争というとフォーレは義勇兵になって戦争にいったりしていて驚かされますが、サンサーンスに紹介されてこのサロンの常連になると同時にヴィアルド夫人の三人のお嬢さんの一人マリアンヌに大変憧れて婚約するまでになっているのです。不幸にしてこの恋愛は悲恋におわるのですが、婚約時代の手紙というのが残っています。熱烈なラヴレターを幾つも書いているのですが、意外に知られていないので、これを御紹介したら幾らか興味を持って戴けるのではないかと思ったのです。最近、といっても一九八〇年ですから十年前ですがフラマリオン社からかなり部厚な『フォーレ書簡集』が出ました。これにはこの時期の手紙は二通しか戴っていません。どうも惜しいことですが理由は分かりません。

ポリーヌ・ヴィアルドのサロンはサロンとしてそんなに有名なものではないのですが、フランス文学では重要な人が出入りしていて我々には知られているのです。先ずメリメが居ますし、もっと前にはミュッセが。後にはフロベールが来ています。我々が興味をひかれるのは先ずメリメとロシアの文豪ツルゲーネフで、ツルゲーネフはまあポリーヌを愛して一生独身を通したといっていいのでしょうか、このサロンの主要な人物になります。

今から三十五年前になってしまいますがリュクサンブール公園の傍のオデオン座の回廊が本屋と楽譜店になっていました。アンドレ・ジードの思い出にも出てくる本屋で私が留学していた頃はフラマリオン社が出していたのですがその事は知りませんでした。古本、古楽譜は安いし、日本にフランス書が輸入されなかった頃の本や日本では見られない戦前の室内楽の連弾譜があったりして便利な本屋さんでしたが、その後無くなってしまいました。この回廊にある本屋では戦前の絵葉書も売っていたので持っていますが貴重な絵葉書になりました。そこである日フラマリオンから出た新刊のフォーレの伝記を買ったのです。ガブリエル・フォーレの息子のフォーレ・フレミエが書いた本の再版で非常に便利で貴重なものになりました。単行本のフォーレの伝記で私が読んだ最初のものですが、貴重になったのはディスコグラフィーで、一九五七年の本ですからLPレコードもほんの四、五枚しか載っておらず殆どがSPと四十五回転盤です。書誌もついていまして、それを見てフォーレが婚約者に宛てた手紙が『両世界評論』にあることを知りました。この雑誌は慶応義塾の図書館には揃っていますので昭和三十八年に戻って来てから、図書館の書庫の中でこのことを思い出して捜し、立ち読みをして、フォーレにこんな面があったかと思いました。一九二八年の八月号でフォーレがマリアンヌに書いた手紙が三十通ばかり載っています。全文ではないし、どんな書誌を見てもあまり良い校訂ではないと書いてあります。今回フォーレの書簡集が出た時この手紙が載っているかと期待して買ったのですが、一通しか載っていません。それとお母さんがフォーレに書いた手紙が一通、この時期のものは計二通しか載っていないのです。そこでこのことなら皆様にお知らせするのも意味があるのじゃないかと思った次第なのです。

ヴィアルド夫人というのは仏文学者にとってはツルゲーネフやメリメの関係で出てくる名前で、特にメリメとツルゲーネフの往復書簡を読むと始終出てくるのですが、この夫人は非常にすぐれたオペラ歌手でしたし、フォーレが夫人のサロンに行った時にはコンセルヴァトワールの歌の先生をしているわけです。コントラルトだった様です。一家みんな音楽家で、ポリーヌ・ヴィアルドはスペイン系の人で父マヌエル・ガルシアはスペイン人でこれも有名なテノール歌手でした。ポリーヌには姉もいて姉妹とも著名な歌手だったのです。姉はパリで一八〇八年に生まれ Maria de la Felicidad Garcia という名ですが、一般にはラ・マリブランという名でしられています。ポリーヌが歌手としてデビューしたのはブリュッセルで、姉の死んだ三年後、十六歳でした。大成功してパリでもデビューしたのですが、姉を愛していたミュッセはマリブランの再来と思ったそうです。ミュッセはジョルジュ・サンドを始め色々な女性を愛した人ですが、ポリーヌにも近付いて何とか自分のものにしようとしたようです。ところが十六歳のポリーヌは非常に冷たくてパリのオペラ・イタリアンの支配人だったルイ・ヴィアルドと結婚してしまうのです。この結婚を纏めたのはジョルジュ・サンドでした。しかしポリーヌが十九歳なのにヴィアルドは四十二歳で歌手と劇場支配人の結婚ですから何となく不純な感じもします。

ジュルジュ・サンドはポリーヌをとても可愛がっていたようですし才能も高く評価していたようです。サンドには『コンスュエロ』という長い小説がありますがコンスユエロのモデルはポリーヌ・ヴィアルドであるとされています。

とにかくポリーヌは歌手として大成功してヨーロッパ各地で喝采を博し、ペテルブルクに行くと、ここでも人気があり、「たぐい無きヴィアルド」を聴きに学生たちは命の危険もものともせず凍りきっていないネヴァ川を渡って聴きにいった程だったといいます。ツルゲーネフも、当時の聖ペテルブルクのこの公演を聞いてすっかりポリーヌの虜となってしまったのですが、ツルゲーネフはこの一八四三年にヴィアルドに初めて紹介された十月一日を晩年まで毎年記念日として祝ったそうです。

夢中になって毎晩楽屋に通う、みんな通ってくるわけですから大変なのですが、ツルゲーネフはとても熱心なので段々傍に行かれるようになります。彼は大変大柄な人で無骨な人であったらしい。しかし通い詰めるわけです。ポリーヌは楽屋で白い熊の毛皮を敷いていたのですが、ツルゲーネフはその白熊の皮の足の一本に座ることを許されるようになった。四本あるわけですが一本は将軍、もう一本は伯爵、三本目が劇場支配人の息子でツルゲーネフが四本目だったそうです。ただ幕間にポリーヌが何か面白い話をするようにと言うのだそうですが、そうするとツルゲーネフが一番上手い。それで彼は段々親しくなるのですが、他方彼女にはいささか迷惑でもあったらしいのです。大きな身体で、ポリーヌが舞台で歌うと物凄い拍手をするので回りのひとが非常に嫌がったという程熱烈なファンだったのです。

翌年ツルゲーネフはフランスに初めて来るのですが、それはヴィアルド夫人に会うためだったのです。そしてヴィアルド一家に付いて一緒にパリから六〇キロの別荘ブリー平野にあるクルタヴネルの館に泊まり込みます。これはロシア人のツルゲーネフには当たり前の行動だったのですがフランスでは何ケ月にもなると流石に不思議がられる。夫のヴィアルド氏も不快だったようですが、もう家族の様になってしまいます。そしていったん聖ペテルブルクにもどりますが翌年はヴィアルド夫人がペテルブルクに来ずベルリンで公演があると聞くとツルゲーネフはベルリンまで出てきます。そして公演に付いてドレスデンまで行って一緒に夏、パリまでやってきます。もちろんクルタヴネルの館にも行って夏も一家と一緒に過ごすのですが、この館でツルゲーネフは有名な『猟人日記』の大部分を書くのです。そしてこの時に彼は自分の娘の世話をしてくれないかとヴィアルド夫人に頼むのです。ツルゲーネフはロシアの地主ですが母親とも旨くいかない。領地には農奴がいましてその一人の女性に子供を産ましてしまいますが、農奴の身分では貴族の妻になることは出来ません。ツルゲーネフ自身は『猟人日記』で農奴に温かい目を向けて農奴に人間的デリカテッスがあることを描いていますが、お針子で教養のないこの女性と暮らす気は有りませんし、そうかといって自分の子をこの母に育てさせるのも忍びない。そこでヴィアルド夫人に養育を頼むのです。ヴィアルド夫人はロシアから送られて来たこの娘の教育を引き受けて後にはちゃんと結婚もさせています。

ヴィアルド夫人は大変高く評価された歌手でしたが美人ではなかったようです。彼女を美人だといっている人はいません。猫背で頬も目も出ていて、当時パリに亡命していたハイネはエクゾティックな恐ろしい風景に喩えています。ハイネは悪口でも有名ですから割引しなければなりませんが、ヴィアルドとポリーヌの婚約式に出たベルギーの絵描きのモランスキーは「いやどうも恐ろしく不美人ですな。もっとも又お会いしたら好きになるかもしれませんが」とヴィアルド氏に挨拶したそうですし、『ツルゲーネフ伝』を書いたアンドレ・モーロワは laideur attachante（魅力的な醜女）と書いています。ツルゲーネフは一八四七年から五〇年までフランスにいるのですが、この間にパリでは二月革命が四八年に起こります。ロシアの皇帝ニコライ一世はこの革命で不安になり、ツルゲーネフの作品に灰めかされている政治批判も、又ツルゲーネフがパリに亡命している革命家たちとつきあっている噂も聞こえてくるので彼を要注意人物にします。

一八五二年にゴーゴリが死に、ツルゲーネフは追悼文を書きましたがすぐ聖ペテルブルクで発禁になります。そこで彼は検閲官の違うモスクワで出版するのです。このことが非常に問題となって彼は一月入獄した後、自分の領地に軟禁されて都会にも外国にも出られなくなります。そして彼は『ルージン』を書き名声は上がるのですがフランスには行かれません。

五四年からクリミア戦争になりますが、この戦争は日本開国と密接な関係があります。ロシアはレザノフ事件とかゴロウニン事件に見られるように日本に接触してきていて日本人がフランス語の学習を始めるのもロシアの脅威の御陰なのですが、一八五三年に浦賀にやってきたペリー提督もクリミヤ戦争でロシアとフランスがトルコとの戦争に忙殺されている間に日本を開国させなくてはと翌年また来て下田で日米和親条約を結ばせることになります。

五六年にクリミヤ戦争が終わるとツルゲーネフは禁も解けて早速パリのヴィアルド家に戻ってきましてポリーヌをママンと呼んでまた暮らし始めます。事実ポリーヌは母親型の女性だったようで年上の夫にも母親のように世話をしていたそうです。ポリーヌは四九年にマイエルベールの『予言者』というオペラで母親のフィデスの役を歌って絶賛を博しているのですが、マイエルベールの多くのオペラは今では『悪魔ロベール』をのぞいてはレコードもなくて聞くことが出来ず脚本を書いたアレヴィやスクリーブなどの作品も中々手に入りません。学生でパリにいたときは私もオペラ座に通いましたが、幕間にガルリに出ると作家、作曲家の彫像が並んでいてオッフェンバックとかグレトリとかマイエルベールとかスクリーブが並んでいます。なにより、オペラ座の脇の道はスクリーブ街です。慶応義塾図書館にアレヴィーやスクリーブの全集は買ってありますが余り読んだことはありません。ポリーヌは一八四九年にマイエルベールのオペラ『予言者』の母親役で絶賛されます。台本はスクリーブでナシヨン座で一八四九年四月十六日が初演です。

マイエルベールは『悪魔ロベール』を一八三一年十一月二十一日にベルギー王立音学アカデミーで初演し大成功を収めた人で、この台本はスクリーブとドラヴィーニュの合作です。

三六年には同じアカデミー・ロワイヤルで『ユグノ』を上演していますがこの台本もスクリーブとエミール・デシャンの合作です。マイエルベールはジャコモという名で一見イタリア人のように見えますが実は一七九一年にベルリンで生まれたドイツ人で元来はピアニストになる心算りだった人です。九歳でデビューしてクレメンティに習うことになりました。ところがイタリアに行ってロッシーニを聴いて感激してオペラ作家になりパリで歴史に題材をとったオペラを書いて流行作家になるのです。当時大変新しい技法で驚かせ、楽器編成法でも斬新さが効果を挙げたのだそうです。舞台効果も意表を突くものがあり、『予言者』ではミユンスターの教会の内部が観客を驚かせたり第三幕には凍った湖の上をスケートする場面があって評判になったりしています。

ポリーヌは二十八歳でこのなかの母親フィデス役を歌いドラマティックな役柄も見事にこなして大成功を収めます。三ヶ月後、ロンドンでも公演されたましたが、予言者役のロジェはマリオに代わり、ベルタもカステラン夫人からミス・ヘイズに代わったのに、フィデス役はヴィアルド夫人が勤めているのを見ても嵌まり役だったのでしょう。

フォーレがサンサーンスに連れられて色々な所に出入りしているうちにヴィアルド夫人のサロンに初めて行ったのは一八七二年で、この頃には夫人も歳をとってきますから舞台は辞めてコンセルヴァトワールで先生をしていました。フォーレはル・アーヴルのクレール夫妻にも世話になったりしていますがニーデルメイエル学校で彼を教えたサンサーンスに才能を認められます。フォーレはサンサーンスを師としていますがサンサーンスは彼を友達扱いしてよく面倒をみています。

ヴィアルド夫人のサロンに出入りしてフォーレは次女のマリアンヌに非常に惹かれ好きになり繁々通うことになりますが、出入りして五年目にマリアンヌとの婚約を許されることになります。一家に大事にされていたようです。有名なイ長調のヴァイオリン・ソナタもヴィアルドの息子の為に書かれ捧げられています。一八七七年の六月にマリアンヌと婚約しますが、六月末からマリアンヌは身体が弱いというのでノルマンディーにヴァカンスに行きフォーレは喉を傷め郷里に帰ります。約三ヶ月フィアンセが離れて暮らしたわですがこの間に書いた手紙が『両世界評論』に後に発表された手紙なのです。フォーレは三十二歳で熱烈な手紙を書いています。毎日書くどころではなく日に二通書いた日もあり、人の手紙をこうして読むのは余り良い趣味ではありませんが、フォーレの方はまあ夢中といっていいでしょう。ところが返事がなかなか貰えません。返事を呉れと催促していますが五通目の手紙に「あなたからやっと二通目の手紙が来ました」などとありますから読んでいても心配になります。

母親のポリーヌが替わりに「大丈夫だ、心配ない」などと書いたりしているのもあってどうも旨くいきそうもないという印象を与えます。

フォーレはマリアンヌを信頼し理解されると思っているのでしょう、内心を吐露しているのですが、どうも暗い面を初めから曝してしまう傾向があってよくよしたことなど書くのです。マリアンヌは若いお嬢さんですからどうもついて行けないようで、読んでいてもこれでは若い女性は白けるのじゃないかと思うところもありますが、フォーレを知る上では中々面白いしメサジェとルクレール夫人の家で会ったとか、『夢の後で』の原詩を書いたプユシーヌと会った話とかフォーレの性格のある面の良く出ている手紙、たとえば第六通目で自分は大変良い友達に出会った。話をしないでただ黙って座っているだけで孤独でないことを感じさせる人で、これはシューマンが好きだった振る舞い方だといったり、ある時はマリアンヌを面白がらせようと滑稽な話をしてみたり、彼の優しさや隠遁的なことを好む性格が良く分かります。毎日七時半に郵便馬車がでるのでそれに間に合うように毎日毎日手紙を書いています。「結婚して一緒に暮らしたらレンヌの非常に憂欝な生活を冬物語にしましょう」などと書いていますが、これでは貰っても余り嬉しくないかもしれません。レンヌは嫌な町で教会に天使像がありガブリエルの像なのだが、自分を知っている人たちがこの像をガブリエル・

フォーレといっている所を見るとシャルトルの黒い聖母のように黒いに違いない、などと書いているところなどは、面白がらせようと努力しているのでしょう。

フォーレはレンヌの教会でオルガンを弾いていたのですが、意外なことにダンスに凝りまして、明け方まで踊っていてダンス用のエナメルの靴のまま教会に駆けつけてミサのオルガンを弾いたのが誉められて、マドレーヌ教会に来ることになります。初めは合唱隊の指導と指揮をしていてオルガニストの空席をまってオルガニストになるわけです。フォーレの有名なレクイエムはマドレーヌ教会の為に書かれたので今でもマドレーヌでは時々フォーレのレクイエムが演奏されますが、パリにいらっしゃってこの教会で演奏される時は是非ここでお聞きになってみて下さい。

さて婚約中の夏休みに戻ると、喉の治療に掛かっている医者がフォーレがオッフェンバックとルコックとどちらが好きですかと聞いたとか、隣のピアノがうるさい、片方は『青きドナウ』を弾きもう片方では『トラヴィアタ』を弾いている、などというのは当時の一般の人の音楽趣味がどんなものであったかを窺わせます。途中マドレーヌ教会のオルガニストが都合が悪くなり呼び戻されるのです。その時には「私はパリに戻るけれども貴方は急いで帰って来るには及ばない」などと書いていますが、パリに着くとマリアンヌが居ないので非常にがっかりする。手紙でそのことを、朝早く六時にパリに着き、自分の家に入ろうと思ったのだがコンシェルジュの所が閉まっているので、時間を潰すのにサン・ラザール駅にいくのですね。マリアンヌのいるノルマンデー行きの汽車が見えこれに乗れば貴方に会えるのだが「聖アントニウスのように誘惑には目をつぶって我慢した」などと書いています。フォーレは相手も同じように考えてくれていると思っているのですが、フォーレの方が余り熱烈なのでマリアンヌの方は怖くなってきたらしいのです。そして大変悩みまして、結局婚約は解消されてしまうのです。今度出た書簡集にはこれについて母親のポリーヌがグノーだったかに事情を書いた手紙が載っていますが、マリアンヌは泣いたり眠れなくなったり大変に苦しんだようです。十月に婚約は解消されるのですがこれはフォーレには大変辛いことでした。今度の書簡集にはフォーレがこの事件について書いた手紙も載っていますがそこでは「決して彼女を責めないで欲しい。悪いのは私なんだ」と言っています。自分が相手の気持ちを分からずに非常に可哀そうなことをしてしまったということを書いています。フォーレも大変苦しんだのですが、それを見兼ねて又サンサーンスがガブリエルを連れてフレミエ家に行きます。フレミエ氏は音楽好きな画家でした。そしてこの家のマリというお嬢さんとフォーレは結ばれることになり幸せな家庭を作ることになるのです。男の子が三人できますがその真ん中のフィリップがフィリップ・フォーレ＝フレミエという名で書いたのが先程お見せした伝記です。

フィリップは伝記の中で自分はフォーレのレクイエムを聞いてこの鎮魂曲が死者のためのものではなくてフォーレのマリアンヌに対する気持ちを書いたものだと分かったと書いています。これは直観的なもので当たっているかどうかはわかりませんが、フォーレにとってマリアンヌとの失恋が深い悲しみであったことは確かでしょう。彼は一生の中で一回だけ非常に熱情的になった、三十二歳で熱情に身を任せた希有な経験だったといえるでしょう。

フォーレはマリ・フレミエと温かい幸せに満ちた家庭をつくりますが、晩年には聴覚が異常になって高音は三度高く低音は三度低く聞こえ自分の書いた曲を耳では聞くことが出来なくなり作曲も弟子に聞かせて公開するかどうか決めさせるのですし、コンセルヴァトワールの校長として辣腕を振るって改革をした代わりに聴覚障害は隠していなければならないという辛い立場にもなるので、「仕合わせ」というのもためらわれますし、若い女性たちとの浮気も有名だったようで「仕合わせな家庭」といえるのかどうか異論もでることでしょうが、家庭的にはけっして不幸ではありませんでした。

一方ヴィアルド夫人はツルゲーネフが死ぬまで不思議な友情関係で一緒に暮らし続けて彼

を看取ることになります。ヴィアルド夫人という人は恋愛するよりも男を子供のように世話するという保護者的な立場を好んだようですが、自分の夫とツルゲーネフを子供のように世話を焼くのです。この二人が重荷に感じられることもあったようで、ドイツ人の指揮者が恋を仕掛けてきますと、その人と一緒に演奏旅行に行って、友達にこれは息抜きである、と手紙を書いたりしています。フランス人の男女関係というのは我々には理解しようにも想像を絶するところがあります。

ツルゲーネフは結婚は出来ませんでしたが自分の好きな人と死ぬまで一緒に居られたわけで仕合わせだったといえるでしょう。ただこの「西欧化した」ロシア人は晩年には作品を書くのに全部ロシア語で通すことも、全部をフランス語で書き上げることも疲れるというようになり、最後には自分の頭に浮かぶままにフランス語、ドイツ語、英語、ロシア語で口述してヴィアルド夫人に筆記させて死ぬことになります。

フォーレを振ったマリアンヌの方は一八八一年に作曲家のアレクサンドル・デュヴェルノワという人と結婚し一九一九年に六十五歳で亡くなりました。フォーレを一番保護して何かというと相談にのったのはル・アーヴルにいたルクレール夫人で、この御主人はエコル・ポリテクニックを出た秀才で国有財産の管理人をしていた偉い役人でした。フォーレが例えばヴィアルド夫人の息子に捧げたヴァイオリン・ソナタを出版するときに相談に乗り結局印税無しでドイツのブライトコップ社から出るのですがその処理とか契約の法律関係のことをルクレール氏が皆引き受けています。マドレーヌ広場から数年前フォーブール・サントノレに移ってしまった音楽出版のデュランは自身作曲家でもあり、出版人でもありましたので二冊本の面白い回想録を出していてフォーレを大事にしたようなことを書いていますが、それはフォーレが名をなしてからで、ヴァイオリン・ソナタを持ち込まれた時は断ったというのが真相です。この回想録では、デュランに行くとマドレーヌ広場にあった時は戦前の版が在庫にあって安く買うことができたそうですが、移転後のデュランには行っていないので今あるかどうかは知りません。デュランの回想録は小松清さんが昭和六年に春陽堂から『佛蘭西音楽夜話』という題で出されているので旧漢字が読めれば日本語でも読めます。コルトオ、ティボー、カザルスのトリオに囲まれているフォーレの写真も載っていたと思います。

フォーレは出版社との交渉などの相談があるとヴィアルド夫人の所ではなくルクレール夫人の所に相談に行ってルクレール氏の世話になっていて、フランスではこういうサロンを中心に物事が運ぶことをしらされます。コンセルヴァトワールでの教員の罷免とか採用などではサロンは色々動いたようで、そうした点でもサロンを視野に入れて見ていないとフランスの芸術の動きを正確に捉えることは出来ないような気がします。

（一九九三年慶應義塾大学退職時の記念パーティで配布された私家版随筆集『銀杏のこかげを過ぎて』収載の「ヴィアルド夫人のサロン」を転載）

［対談Ⅰ］　フランスから見る日本文化

——ベルナール・フランク氏と語る

ベルナール・フランク（この対談の行われた一九八〇年当時、コレージュ・ド・フランス「日本文明研究講座」の教授）

ハーンを読んで日本にほれる

松原　フランクさんが日仏会館の館長をなさったのが、いまから六〜七年前でしたね。何年ぶりでいらっしゃったんでしょうか。

フランク　六年ぶりです。

松原　今年の二月、コレージュ・ド・フランスに「日本文明研究講座」ができて、その初代の教授になられたわけですね。レミュザの中国学が一八一六年にできたわけですから、日本学は百何十年か遅くできたんですけれども、コレージュ・ド・フランスに日本学の講座ができたことは、非常にうれしく思っております。

フランク　同じときに中国学とサンスクリット学が創立されて、二年前にサンスクリット学の教授が退職して、適当な後継者がいなかったのでインド学の講座がなくなりました。コレージュ・ド・フランスでは、だいぶ前から日本のことを考えていたんで、じゃ今度日本についての講座にしようということで……

松原　一番初めに日本に来られたのは、終戦後いつごろですか。

フランク　昭和二十九年の春でした。

松原　日本語を始められたのは？

フランク　戦争が終わった年の秋です。日本が好きになったのはその年の春で、戦争がまだ終っていなかったからしばらくの間、苦しい状態でした。

松原　ラフカディオ・ハーンをお読みになったのが動機だと前にうかがいました。

フランク　高等学校の最後の年に、哲学の先生が東洋思想の問題にちょっと触れまして、ちなみにラフカディオ・ハーンが見た日本の話をした。それでわたしはハーンの本を読んで、日本に急にほれてしまいました。

松原　マルク・ロジェという人の訳でしたね。

フランク　そうです。一九二〇年代、三〇年代の初めごろ出た翻訳ですが、とにかく立派なものだと思います。

松原　ハーンはフランス語は非常によくできた人で、タヒチにもいたことがありましたね。

フランク　ロティをよく読んでいます。やはりその時代のフランスの作家たちと何か共通なところがありますけれども、ロティよりずっと深い人間だったと思うんです。日本について書いたものは、ロティのものはハーンが書いたものの足元にも及ばないですね。

松原　日本滞在の経験が違うでしょうけどね。ハーンで日本に興味をもたれて、そしてすぐ東洋語学校へ行かれたわけですか。

フランク　ハーンを読んだのは春の終わりごろで、それで、その間にバカロレアを受けて、夏、戦争が早く終わるようにと祈っていたんですよ。そして秋になって東洋語学校へ行って、門番に聞いたら、フランスの教授は十一月じゃないと学校に出ませんが、日本語の先生の内藤先生は近いところに奥さんが骨董屋をしていて、先生が店のどこかのすみっこにいつも座っていらっしゃるということで、それで見にいったんですよ。中をのぞいたら、店の奥の暗いところで、あるおじいさんが腰を掛けて、すごく近眼で、近眼のめがねにまた半球のようなものがあって、めがねのガラスをするぐらい本を近くもって、中国の本を読んでいた。それは漢詩で、一日じゅう李白の本を読んでいたんですね。彼はほとんど目が見えなかったんですけれども、いつもそういうような態度でした。

それで、震えながら寄りまして、「あの、東洋語学校の先生でいらっしゃいますか」「さようでございます」ということで、十一月の初めに学校に顔を出せということでした。それは、わたしが初めて会った日本人でした。「日本人に会った」と思って、いま思い出しても、うれしく思って店を出ました。

松原　内藤さんは、留学をして、向こうで結婚して……

フランク　そうです。そして日本に一遍も帰らなかったそうです。彼は富山の新湊の人で、フランスに明治に来ていたから、日本語を口で使うことはいやでした。わたしが一度福田陸太郎さんを連れていったときに、フランス語で答えました。そうしたら、関西人である高塚洋太郎氏を連れていったときに、やっと日本語で答えたんですけれども、東京語がこわかったらしいです。それで、われわれには会話は全然教えなかった。そのかわりに、明治人だったから、漢文の教育と文語の教育、そして、あらゆる点で日本の古典的な文化の知識が大変すばらしいものでした。非常にありがたい先生でした。

松原　わたしは、ほんとうの晩年をちょっと知っています。一九五六年でしたか、法廷の通訳をなさっていらっしゃいました。

当時、日本語を習う学生は少なかったでしょう？

フランク　そうですね。わたしたちは五～六人ぐらいだったんです。そして卒業の時は三～

四人だったんですね。いまとだいぶ違います。

松原　あとはアグノエル先生と……

フランク　十一月にアグノエル先生が講義に出てきて、すぐ初めの日に、日本語を習いたいと思ったら覚えるのに十五年間ぐらいかかるだろうとおっしゃった。アグノエル先生は厳しい先生だったんですが、実は非常に心の温かい人でした。初めのときには絶対それを見せないで、禅寺の先生のように棒をもっていました。

しばらくたってから、アグノエル先生は、病気して学校に出なかったのです。そして、いつまた来るかということは、だれも分からなかったのです。わたしは、彼の講義を非常に大事な大切なものだと思っていたから、先生が来ても来なくても、講義の日に学校に必ず出ました。そうしたら、ある日、突然出てきてくれた。わたしは一人だったんです。一時間二人で話して、そのときから親しくなってきたんです。あとはもうほとんど親子のようなものでした。

松原　そのときは、アグノエル先生と、内藤先生の授業もあったわけですか。

フランク　そうです。アグノエル先生三時間と内藤先生三時間だったのかな。その上ルネ・グルッセの東洋史の講義が一つありました。それだけ、七時間ぐらいだけだったんですね。

だから、そのほかにも、大学かそういうところにも通っていましたけれども、主に自分のところで勉強しなければならないことでした。

松原　しかも、当時は日本人もあまりいないし、本もないし、大変だったでしょうね。

フランク　内藤先生のあとで一番初めに会ったのは、パリに大変長い間滞在した金子五郎氏で、この人は面白い人で主に言語学に興味がありましてね。あとはわたしの一番古い日本人の親友になった福田陸太郎君が来ました。あとは三宅徳嘉君、京大のサンスクリット学者の大地原豊、高塚洋太郎君、大勢友達になった人がきました。

松原　そうやって七〜八年勉強なさって、東京へ留学なさいましたね。

フランク　昭和二十九年の四月でした。

松原　まだ戦災の跡があった日本で、ラフカディオ・ハーンの日本とはずいぶん違っていたと思いますけれども。そのときはどこに住まわれたんですか。

フランク　駿河台におりました。昔の日仏会館の、和洋折衷のなつかしい建物……

松原　もうルヌー先生でしたか、館長は。

フランク　ルヌー先生は一ヵ月ぐらい前に来ていました。あの先生は、前にわたしのサンスクリットの先生だったから、運がよかったし、一人の館長に一人の研究員という状態は、ほんとうに大変恵まれたたことでした。

初めは会話も文語調で

松原　あの昔の日仏会館の建物は、非常に印象があります。あれは村井吉兵衛という人の屋敷だったんですね。

フランク　そうです。もとは永田町にあったそうですね。明治天皇がそこにお忍びなさったという伝説が残ってました。

松原　当時、渡辺一夫先生を始め、鈴木信太郎先生や、辰野隆先生にも会われましたか。

フランク　わたしが着いたときに、ルヌー先生が大きなパーティをなさって、辰野先生と鈴木先生はいらっしゃらなかったのですが、渡辺先生と、杉先生と、前田陽一先生と、吉川逸治先生、秋山光和先生、そういうりっぱな先生たちがいましてね。だから、すぐ一番すばらしい学者たちに会うことができて……あとで渡辺先生と吉川先生が東大に案内してくださって、屋根にのぼって、屋根から上野の五重の塔を見ることができました。やっと、やっと五重の塔を……

松原　東大で授業はされなかったのですか。

フランク　そのときではないです。二年ぐらいたってから、ノエル・ヌエットがフランスに帰って、しばらくの間、マダム・フランソワーズ・サカイがまだ日本に来てなかったのですね。ヌエットさんのあと、だれかがすることが必要だったんです。実は、大変愉快な、わたしのためにも非常にいい経験でして、いまでも、そのとき教えた人たちは親しくして……

松原　どんな人たちでしたか。

フランク　青山学院の石井晴一、駒場の加藤晴久、リーダーズ・ダイジェストで働いている吉野壮児、渡辺（石井）京子、評論家の小中陽太郎、講談社の島田康夫、ＴＢＳの高原達朗、それから悲しいことで、昨年と今年亡くなりました山内昭彦さんと中央公論の塙嘉彦もいました。大江健三郎もいました。彼はわたしの講義を大体さぼったけれども、時々顔を出してくれました。今でも大変愉快な仲間です。他にも各方面で活躍している人がいますが……

松原　当時は、日本語の口語よりも文語の方が楽にしゃべれたという話ですが。

フランク　それは伝説ですけれども、結局、前に申し上げたように、内藤先生は会話を全然教えてなかったんです。それで、わたしはきっと怠け者だったから、会話をあまり勉強しなかったのです。古い言葉と新しい言葉を区別すること、あまりできなかったんですね。そして、日本に船で来たときに、Messageries《メサジュリー》 Maritimes《マリティム》が大変親切にわたしのことを考えてくれて、日本人の絵描きさん、西村さんというやさしい人と同じ部屋に入れてくれていたんですが、あの人は全くいまの言葉で話してね。わたしが、たとえば「いみじく」と言うと、「いえ、いま言いません、『とても』と言います」「あ、そうですか」

また、昨年のことを「こぞ」と言って、また笑われて、あるいは「あまたの人」を一度使ったら、それも笑われて、おかげさまで、だんだんモダンボーイになりました。

松原　われわれのフランス語もまさにそうで、日本で習うときはだいたい、馬車しかない時代、一八世紀、一九世紀の小説を習ってね。

民間信仰にあらわれる精神の形

松原　そのときは、フランクさんは当時、日本における道教の影響みたいなことを研究なさっていたわけですが、日本にいらっしゃって、「方忌《かたいみ》と方違《かたたがえ》」を書かれたわけですね。

フランク　中国語をちょっと勉強して、それで道教にもちろん興味がありましたけれども、そのときはそういうことではなくて、『今昔物語』のことをやってまして、『今昔』の中に、方達をした人の話が出てきて、方達は、アグノエル先生の講義のノートをもっていたんですが、それについて何か注を書こうと思って、それで、なかなか複雑だから、一ページの注で終わらない、きっと四～五ページの注になるでしょうと思って……資料は、昭和年代の初めごろに出ていた『校註日本文学大系』というシリーズの別巻に、関根正直が、方達について少し資料を集めていたんですよ。それを基礎にしようと思っていたんですけれども、あとで、たとえば『古事類苑』に出ている資料を見て、いままで研究された資料よりたくさんあるということがわかりました。その研究に入って、方々調べたりしたら、ますますむずかしくなってきて、五ページぐらいを書くつもりだったのが、二十ページ、五十ページ、百二十五ページになって……それをまとめてパリのアグノエル先生に送ったら、彼が、だいぶんその研究に弱点が多いと怒って、赤と紫と緑と青のボールペンで、いろいろ書き込んできました。その仕事はこのままではとてもだめだっていうことで、それがわたしのところに戻ったときに、ほんとうにがっかりしたんですけれども、またやり直したら、今度は二百五十ページになりました。二十二年前にした仕事ですから、いまから見ると、やはり、ちょっと訂正したい、あるいは加えたいところがありますけれども、怒った先生のおかげで、いまでもそんなに恥ずかしくない仕事です。

松原　当時から、日本に入った仏教が民間にどう入るか、民間信仰みたいなものに非常に興味をもたれたようですね。ある意味では、仏教の受容による変形みたいな……

フランク　そうですね。日本の民間信仰における仏教信仰みたいなものは、大変興味があります。ハーンの本も、地蔵信仰かそういう話が出ていましたから、ずっとそのときから、地蔵信仰か、不動信仰か、毘沙門信仰か、そういういろんな仏さんのことを考えてまして、方々寺まわりしたりして……

松原　ことに明王に非常に興味をもたれた。

フランク　そうですね。明王は、西洋に全然ないもので、非常に不思議なものでして、怒ったような顔をしながら、実は心は大変慈悲深いというもので、ですから、初めのときには外国人には理解しにくいですけれども、仏教の大変大切な、まあ密教の観念に基づいたもので、それでまた民間信仰に深く根ざしていますね。非常に興味があります。

松原　何か、ずいぶんあっちこっちでお札を集めていらっしゃいましたね。

フランク　それからお寺の縁起ですか、お寺へ行ったら必ずその二つのものを頼みます。お札は千枚以上集めたんですよ。それは、楽しみでありながら、やはり勉強の種になります。お寺で配っているお姿、お札が、オーソドックスな曼陀羅に出ている仏の姿と、あるときにはだいぶ違いますから、それを見ることによって、非常に参考になります。博物館、個人の家、あるいはお寺にでもある仏像を見ると、やはりそういう民間信仰より考えてつくられた姿が多いですよ。

松原　イギリス人で、普通の日本のうちにある仏壇の中にどういう位牌があるかという研究をした人がいますね。地理的な分布とか、いろいろ違う。われわれは毎日見ているわけですけど、そういうところを気がつかないわけです。

前にフランクさんが、日本ではまだ馬頭観世音の信仰が盛んだということをおっしゃって、わたしがそうかなと言ったら、フランクさんに、府中に行くと、競馬のあとで、馬頭観世音のところに馬券がたくさん置いてあるということを教わって、なるほどと思ったことがあります。

フランク　あれは、府中でなくて御殿場です。御殿場の円通寺で、鬼鹿毛《おにかげ》という馬の墓の上にお寺を建てたんですね、昔のさむらいが。それで、昔は、馬頭観音は六観音の中のいわゆる畜生の守り仏ですから、そこら辺のお百姓はあつく信仰していたんですけれども、いまは家畜はほとんどいないから、このお寺は衰弱していくようなことになるはずだったんですけれども、不思議に、競馬の守り仏になって、馬と騎手の人たちの写真がずっと並んでいて、驚きました。

松原　わたしはヨーロッパの中世のことをやったりして、少しはヨーロッパの神学のことを勉強しますけれども、おもしろいのは、オーソドックスの神学ではなくて、民間の人たちが考えたものですね。非常にゆがんでくるわけです。「聖者伝」なんかでもそうですけれども、そういうようなものは、フランスでも同じようなことがあると思います。

フランク　だいぶあると思いますね。やはりどこにでもそういうことがあるんですね。

松原　そういうことを調べることで、意外にそこの国の人の精神の形がわかるように思うんですね。

フランク　しかし、そういうことがよくわかるために、やはり、もとのオーソドックスな観念も比較して調べなければならないわけです。そうすると、大変ためになると思います。

フランスから見た仏教

松原　初めてフランスへ行ったときに、ミュゼ・ギメを見たんですが、そのときにびっくりしたのは、東南アジアや何かの仏像がありまして、ほんとうに象の頭の仏像とか、それから馬頭観世音もあるわけですね。ミュゼ・ギメは・わたしには大変な啓示《レベラシオン》でした。日本では考えたことがない、東洋の仏教のほかの形を見たんです。

フランク　確かにそうですね。ミュゼ・ギメができたのは一八七〇年代です。

松原　ギメ氏は、日本に幕末ぐらいに一度来ていますね。

フランク　明治初期だと思うんですよ。廃仏毀釈のあとで、それで、そのために、いろいろな仏さんがあっちこっちに転んで、普通のときには絶対譲っていただけないような、珍しい仏像をたくさん集めました。あらゆる宗派の坊さんの指導をいただいて、そして、宗派別に、天台宗、真言宗、日蓮宗、浄土宗など、そういうような形で展示していました。大変いい考え方で、非常に学問的な分類法です。その時代はたしかに宗教史学がフランスに非常に盛んに研究され出した時代ですね。Ecole《エコール》 pratique《プラティック》 des《デ》 Hautes《オート》 Etudes《ゼチュード》の宗教部門も大体つくられたときで、宗教の研究のために一番すばらしい時代でした。

松原　そしてCernuschi《チェルヌスキ》のミュゼに行ったら、たしか大仏さんが一つありました。

フランク　あそこは目黒の大仏があります。大仏といっても、もちろん鎌倉の大仏ほどではないですけれども、銅のかなり大きいものです。

松原　わたしは、フランスへ行って、むしろそういう日本発見をしたというか、東洋発見をしたような気がしました。

ミュゼ・ギメの図書室で、マドモアゼルHauchecorne《オシュコルヌ》が司書をしていましたね。あそこの図書室でずいぶん本を読んだことがありますけれども、カードもみな日本語で書いてあって、日本でもなかなか見られないような本が入っていて、感心したことがあります。

フランク　わたしも、学生だったときにあそこにときどき通って、それで、あそこで初めて能の有名な翻訳者のRenondeau《ルノンド》将軍に会いました。

松原　フランスの日本研究は、非常に仏教中心になっているような気がしますけれども。

フランク　そればかりじゃないですけれども、やはりその伝統はとても強いです。日本人がときどきびっくりするぐらいですね。日本にも、いうまでもなく仏教の研究する人が大勢いますけれども、たとえば、歴史の研究をする人たち、文学の研究する人たちに、仏教文学に興味がある人ももちろんおります。仏教のことはそんなに考えなくても研究ができるという人が、昔は多かったのです。でも、このごろは、仏教の研究と、日本文学の研究は近くなりまして、日本文学における仏教のことを調べるような研究は盛んですよ。仏教文学会という学会もありますし。

松原　Demiéville《ドゥミエヴィル》先生みたいな方がいらっしゃって、京都の相国寺の中にちゃんと研究室があって、そして『法宝義林』という大変な辞典を出していますが、もう五十年ぐらいになりますか。

フランク　五十三年になりましょう。中国と日本の出典によってこしらえる仏教辞典ですね。

松原　あれはAcadémie《アカデミー》 des《デ》 Inscriptions《ザンスクリプシオン》と日仏会館ですか。

フランク　そうです。日本の学士院との共同作業で。

松原　フランスは、そういうのに非常に大きな金を五十年以上の間毎年出して……

フランク　それをやっている人たちから見れば、そんなにたくさんの予算ではないですけれども、まあまあ出してくれますよ。ただ、学士院は貧乏ですから、たくさん出せない。

松原　『法宝義林』でも、日本で出ている本をどうやって集めるかということが問題になっていますね。

フランク　あれはまた、フランス極東学院《エコール・フランセーズ・エクストレーム・オリアン》ですが、あれが、本を買うために予算をくれましてね。だけど、あれも予算が足りませんから、本人たちは苦労しています。まあ、ある程度までで、一番必要なものは買えます。

松原　フランスでは、国立図書館《ビブリオテーク・ナショナル》の極東部にも日本語の本がありますし、いわゆる旧東洋語学校の書庫にもたくさんありますし、それから、コレージュ・ド・フランスの日本高等研究所にも……

フランク　そしてミュゼ・ギメにもありますし、やはりフランス極東学院にもありますから。で、わたしのアンスティテュで、いま、パリのもろもろの図書館にある日本の本の総合目録をつくっているところです。定期物の目録は、そろそろこの秋に出ます。松崎碩子さんというりっぱな図書館学の専門家が一生懸命しまして……　もちろん、国立図書館の小杉さんにも、東洋語学校の藤森さんにも、ほかの施設の係の方にも大変お世話になっております。

松原　総合カタログ、ユニオンということですね。そしてフランスには、実に非常に古い古刊本とか写本もあると思うんです。

フランク　まあ写本は少ないですけれども、ちょっとあるんですよ。主に国立図書館にあるSmith-Lesouëf《スミット・ルスエフ》文庫の中に、室町末期か、むしろ江戸のものがかなりあるんですよ。

松原　もっと古いものもあるんじゃないですか。室町のものもありましたね。キリシタン版も一つ、『落葉集』がたしかありますね。

フランク　そうですね。しかし、それが一番古いでしょう。中国のものなら、ご存じのようにたくさんありますけれども。日本のものは、たとえばボストンの博物館にあるようなものか、あるいはアイルランドのダブリンに最近出た奈良絵本のコレクションか、そういうようなものはもっていませんけれども、しかし、やはり日本人の先生方は毎年調べにくるんですよ。おもしろいものがやはりときどき出てきます。

松原　フランクさんは、そういうぐあいに昔の古いことをやるばかりじゃなくて、新しいものにも興味をもっていらっしゃって、一番初めに訳されたのが『楢山節考』ですね。

フランク　あれは原作が出たあとほとんどすぐでした。深沢さんが新人賞もらってからすぐあとでした。

松原　向こうへ帰られて訳されたんですか。

フランク　いえ、日本にいたときに翻訳したんです。そして、翻訳が終わったあとで、渡辺一夫先生のところへ行って、先生が本文を見ている間に、わたしは仏訳を読みました。それで先生が、いろんな貴重なことをおっしゃってくださって、そしてそれをパリに送って、ロジェ・カイヨワとジャン・ポーランが気に入って、それで出版されることになりました。

日本とフランスが補いあうもの

松原　今回来られたのは……

フランク　市古貞次先生が館長をしておられる国立国文学研究資料館に呼ばれて……この資料館は、根本的な目的は、国文学関係の資料を集めることです。近代のものなら、資料そのものをたくさん集めているようですが、古い時代だと、資料は大体、図書館、博物館、寺院、あるいは個人がもっていて、本物を買うことはなかなか大変ですから、マイクロ・フィルムか、コピーか、そういう形で、そこに資料を集めているんです。非常に貴重な施設です。そうしたら、「研究情報部」の中に、国文学を外国に知らせるために、そして外国で国文学についてのいろんな研究のことをもっと詳しく知るために、毎年いわゆる外国人研究員を呼ぶんですよ。初めのときがアメリカのドナルド・キーン、次の年はケンブリッジのミルズ、昨年はサイデンステッカーを呼んで、そうしたら、二年ぐらい前からフランスの者も呼びたいという話があって、昨年は私、ちょっと忙しかったのですが、今年は、やはりいいことだと思って……

松原　主に何を調べていらっしゃいますか。

フランク　国文学の上でいま一番興味があるのは、天暦時代、村上天皇のときの文学で、いま源順（みなもとのしたごう）をやっています。源順は、『和名抄』という日本語の一番古い字書をつくった人だし、『万葉集』を初めて読みこなした人だし、『後撰集』の主な選者で、そしてまた、和歌もたくさんよんだ人だし、その上に漢詩もつくるし、漢学者として非常に偉い人だったんですよ。和漢の両分野を別々に考えないで、総合的にその時代の文化を考えていた人ですから、その態度はわたしは非常に好きです。

わたしは前に源融（みなもとのとおる）のことをやってましたが、あれは、貞観・寛平の大家で、京大の渡辺実先生の研究によりますと、もとの『伊勢物語』のパトロンのような人だったかもしれないのですね。あの人は、平安京の賀茂川のそばに、不思議な庭だった「河原の院」をつくった人で、それで長い間、融のことを調べてました。そうしたら、融は佐賀源氏で、順も佐賀源氏だし、順が「河原の院」の賦をよんだんです。それでだんだん順のことに入りました。順は、人間的には融ほど魅力的な人物ではないかもしれませんけれども、いままで、ちょっと無視された人かもしれないと思います。

松原　フランスのように遠い国から日本を見ていると、どうしても日本の全体の像というものをもたざるを得なくなりますね。

フランク　それはそうです。わたしもやはり、奈良時代から現在までの日本に興味がありますが、深く調べることは、わりあい限ったところだけですね。

松原　いまのフランスは、どちらかというと日本の経済とか近代化、そういうことに興味があって、ほかのことはあまり……

フランク　だから、ある人の見地から見ると、わたしたちのやり方は、時代に応じないもので、もっと新しいことをやればいいと、ときどき言われますけれども、ある人は古いことをやって、ある人は新しいことをやって、お互いに、することに興味がありながら、専門的にすることが、一番いいんじゃないですか。

松原　ほんとうにそう思いますけどね。日本のフランス研究も、フランスの「いま」がおもしろいって人ももちろんいるけれども、渡辺一夫先生のルネッサンス研究とか佐藤輝夫先生の中世研究とかいうものがなければ、深いところまで来られないわけですね。

フランク　そうです。それは非常に大切です。

松原　日本とフランスというのは、直接的には、経済の関係もないわけですが、文化的には両方とも非常に興味をもっていますね。日本とフランスが補い合う、あるいは共通している部分というのはどんなものでしょうか。

フランク　西洋人は、個人主義の結果でしょうけれども、ちょっと我が出過ぎると思います。六本木あたりにたくさんの外国人がいますけれども、顔を見ると、わたしはいつもそう思っているんですね。もうちょっと我を控え目にすると、幸せになるのではないかと思うんです。

日本人も西洋人と同じように、心の中に不安か苦しみか、そういうこと、たくさんもっているでしょうけれども、我を削ることに慣れているから、外にあまり出さない。どう言ったらいいかな……

松原　日本語だと、思いやりみたいな……

フランク　他人の立場を尊敬するということがあるでしょう。そうしたら、それはお互いですから、因果応報のようなもので、自分に戻るのですね。そのために、社会の中に、何かなよやかな雰囲気があると思います。それは非常に大切なものです。フランスへ行くと、みんなが何だか不親切な顔を見せて、このごろますますその不満の気持ちが昂じているんですね。決していいことではないと思うんですよ。日本人は若いときからのしつけでしょうけれども、一生続く一種の「行《ぎょう》」でしょう。フランス人はそういうことを研究したら一番いいと思うんです。

松原　しかし、フランスにもありますね。たとえばGustave《ギュスターヴ》 Thibon《ティボン》という思想家がいますが、ああいう、都会ではない、フランスの一つの知恵《サジェス》みたいなものには、そういうことがあるんじゃないですか。調和を求めていくことを考えている人がいた。日本人がフランスの文学に興味をもったのは、モラリストの伝統の中のそういうものがあるからだと思うんです。

今そういうものがはやらなくなったのは、ちょっと寂しいことかもしれません。

フランク　そうですね。残念ですね。

（1980年9月）

（『ふらんす』白水社、一九八一年四月号対談「民間信仰に見る日本とフランス」を転載）

［対談Ⅱ］

宗教の西と東

——ジャン・ノエル・ロベール氏と語る

J・N・ロベール（対談が行われた一九八〇年当時フランス国立科学研究所東洋学部研究員）

漢字に魅せられて

松原　ロベールさんとわたしのつき合いも、もう十一年目になりますね。わたしが一九六九年にフランスへ行ったときに、たしか東洋語学校の二年生で、それから日本へ帰ってきてしばらくしたら、フランク先生が日仏会館の館長になって来られて、そのときにロベールさんも研究員で日仏会館へ来られましたね。あのとき何年いましたか。

ロベール　日仏会館には一九七四年と七五年といて、七五年末に帰国したんです。

松原　そのときに、フランク先生とあなたと一緒に渡辺一夫先生のところへ行ったことを覚えています。

ロベール　そうですね。ほんとに、われわれの東洋語学校の世代は非常に恵まれていたんですね。日本から来られた先生がすばらしい人ばかりで、渡辺一夫先生を初めとして、松原先生も、阿部良雄先生も来られましたし、清水徹先生も来られましたし。

松原　六八年の五月革命があって東洋語学校が非常に変わったときだったんですね。

ロベール　わたしは東洋語学校に入ったのは六七年でしたけれども、いわゆる五月革命をきっかけとして、先生と生徒の関係は一変しちゃったんですね。前は、先生というのは非常に遠い人と思っていたんですけれども、親しくなったんです。

松原　わたしが行った年は、日本語科の一年生は六百人ぐらいでした。

ロベール　わたしが入った六七年の時は百何十人でした。その後はだんだんふえています。六七年ごろは、文化大革命の時代で、やはり中国語のブームでした。千人近いんじゃないですか。その後は、もうちょっと実際主義になってみんな具体的なものをねらって、革命よりも商売がいいと思って、みんな日本語の方にしちゃったんです。

松原　入ったときは東洋語学校で、出たときはパリ第三大学……

ロベール　第三大学になる寸前でした。

松原　わたしが行ったときはCULOV《キュローヴ》といっていたんですが、まだINALCO《イナルコ》にはなってなかった？

ロベール　まだCULOVでした。

松原　わたしが当用漢字を書くと、ロベールさんとかマルタンとか、中国語をやっている人たちから、ほんとうの字を書いてくれと言われてね。「鐵」なんて字を十何年ぶりで書いたり、なつかしい思い出がありますね。

　中国語に対する興味は何からですか。

ロベール　わたしが十二歳のころ、毎週出る子供向きの百科事典、『全宇宙《トゥー・ルユニヴェール》』を買っていたんです。それで『文字《エクリチュール》』というのが出てきたんです。中国語から、知られていないようなグルジア語とかアルメニア語とか、ずらっと並べてあって。それを見て魅せられちゃったんですね。三十何種類あったんですけど、最初からやり出そうと思って、一番広く使われている文字からでしたけど、それが中国語でした。そういう非常に単純な考え方でした。中国語は、独学でやるのは難しかったので、クリスマスに両親にリンガフォンを買ってくれと頼んだ。うちにはレコードプレーヤーもなかったので、それも買わなければいけなかった。月払いで買ったんです。ですけど、日本語をずっとあとでやりだしたときは、とても難しいと思ったんです。独学で覚えるような言葉じゃないと思って……

松原　フランスで中国語をやった人はたくさんいますが、A・Rémusat《レミュザ》は、お父さんが生地の商人で、中国から来るきれに札がついていて、それに漢字があって、それを何とか読みたいと思って中国語を始めたんですね。それで本草学の本を見つけて、それに出ている字を全部覚えて、中国語を自分で覚えたということです。

ロベール　そういう何でもないきっかけで一生が決まるというのはおもしろいものですね。わたしが日本語をやり出したのは、中国語の勉強を深めるためです。

松原　日本の研究書を読みたいということですか。

ロベール　そうです。それがだんだん日本という国にひかれてしまって、むしろ中国より日本に興味を持ち出したんです。

松原　中国に対する興味は、フランスは非常に古いんですよね。

ロベール　フランス思想にまでも影響を及ぼしていますけれども、日本に対しての興味はずっとあとの方ですね。

松原　そしてフランスでは、中国学者が日本に勉強にくる伝統がありますね。Demiéville《ドミエヴィル》先生も日仏会館にいましたし、昔からそういう人がたくさんいるんですけど、印刷したものも、日本から行った漢籍がかなりあるみたいですね。

ロベール　そうです。漢籍で日本で木版によって研究する人も多いですね。

松原　フランスの中国学者は、レミュザのあとはStanislas《スタニスラス》 Julien《ジュリヤン》とかChavannes《シャヴァンヌ》……

ロベール　そういう人々は日本語は知らなかったのですね。

松原　日本語は、構造はそんなに難しくないと思いますけれど。

ロベール　言葉自身じゃなく、文字が……同じ文字にいろんな読み方があって、それでうまく組み合わせて読むというのは、アッシリア語かペルヴィ語ぐらいじゃないですか。それはみんな死語なんです。いま生きているそういうややこしい文字は日本語しかないと思いますね。話し言葉としては、細かいところまで行こうとしたら底なしですが、そう難しくない。親しみやすいんじゃないですか。

松原　読んで意味をとることはそんなに難しくない。ところが、漢字を使ったために文字の体系は非常に複雑になったと思います。

ロベール　そこで皆あきらめるんですね。

松原　日本人にとっては、漢字は意味があって、いろんな読み方があるから、難しいとは思わないけど、ヨーロッパの人は、一つの文字は一つの読み方であるという観念になっていますからね。

ロベール　だから、日本語を知らない人に日本の文字の説明は非常に難しい。こんなものがあるかと火星人のように思うんです。

松原　漢字の意味はいつも変わらない、読み方だけが違うということを頭に入れれば、それほど難しいとは思わないんですけどね。

ロベール　そうですね。フランスでの日本語の教育の欠点は書き言葉、文字と、あまりにも隔てを置くということだと思います。漢字など知らなくても、平仮名や片仮名もあって、それでやれる。漢字というものは別世界だと思い込んじゃうんです。どんな言葉でも最初から漢字で覚えることは、一番大事だと思います。

フランス文化の二面性

松原　フランス人は非常にカルテジアン（デカルト主義者）的なところがあって、わからないものは分割して少しずつ重ねていけばいいという考え方ですね。これは日本語を勉強するときには、むしろ障害になるんじゃないか。これはこういう意味だということを頭から直観的に覚えるようにすればできるわけです。

その意味で、イエズス会の人たちが初め中国語をやったのは、中国にとっては運がよかった気がする。イエズス会の人たちは、ものの見方がカルテジアンじゃない、もう少し全体としてとらえるということをやる人たちだと思う。日本では、イエズス会の人たちを鎖国のときに入れてませんから、フランス文学をやるときも同じで、カルテジアンの伝統のものが先に入って、そうでないものはあまり入ってない気がします。

ロベール 日本ではフランスの一面しか知らないんです。フランスに宗教があることも、迷信があることも考えられないんです。

松原 日本でつくったフランスのイメージはフランス革命とか合理主義とかで、フランスのスピリチュアリズムみたいなものはあまり見ないし。

ロベール ショウペンハウエルが一つおもしろいものを書いているんです。トラピストをフランスが生んだことを非常に不思議がっていたんです。規則が非常に厳しくて、話してもいけませんし、修道院に入ると一生しゃべらない。そういうものをどうしてフランスが生んだかというと、ヨーロッパ中で一番よくしゃべる人たち、一番生活を楽しんでいるその反動として、トラピストを生み出した。なかなかおもしろい説明だと思います。

松原 わたしは戦後フランス文学を勉強し始めて、日本は戦争中は、神国というか、ナショナリズムがありましたけれども、フランスはそうじゃない。非常に合理主義だというんでフランスの思想史を読むと、イエズス会というのは非常に評判が悪いわけですね。ところが、フランスへ留学して中世の研究をするようになると、イエズス会の人たちの仕事は非常に深いものがあって、伝統もあり、現在まで思想家を生んでいるわけですね。それは大発見で、それからロベールさんから、Henri de Lubac《アンリ・ド・リュバック》とかそういうのを教わって読んで、非常におもしろいと思うんです。ヨーロッパ、特にフランス人の仏教に対する関心というのは、そういう、精神的な対象への合一みたいなものが仏教にはあるという考え方が非常にあると思います。

ロベール　そうですね。ド・リュバック神父さんもイエズス会の人で、ヨーロッパ中世の神学についてとてもりっぱな研究をなさったとともに、仏教についてもお書きになったんです。彼はカトリックですが、そういう偏見はあっても、非常に細かいところまで仏教の思想をわかったと思います。彼の影響は、わたしにはとても強いと思います。

松原　リュバックさんもイエズス会だし、この間死んだHenri Corbin《アンリ・コルバン》もそうでした。

ロベール　Daniélou《ダニエルー》。彼もすばらしい本を書きました。おもしろいのは、その本の中で旧訳聖書の異端聖人ですか、あの当時、旧訳聖書には、ユダヤ教徒じゃなくてもかなり積極的な人物が出てきますね、ヨブとか。彼はそこから考えついて、キリスト教徒じゃなくてもキリスト教徒らしい生活も送れる……一種の真理に達せられるという。もちろん、さかのぼれば、教会初期の思想家でそういうことを言い出した人もいますけど、新しいキリスト教徒の宗教についての見方を出した。

松原　わたしは、カンドー神父というカトリックの先生にフランス語を習ったんですが、カンドーさんに習ったり、フランスへ行って発見したのは、日本で考えているキリスト教というのは、非常に純粋な形の宗教の姿なんですね。向こうへ行ったら驚くほど土俗性がある。それで、これはカトリックでも新教でもそれこそ異端だと思いますけれども、Guignebert《ギニュベール》なんかの本を読んで、特にドグマティスムの問題ですね。彼は、ヨーロッパのキリスト教はドグムの形成の歴史だ、それはもとのキリスト教を非常に西欧化したんだということを書いている。非常におもしろいと思うんですね。日本人がヨーロッパを理解するときに、あまりアングロサクソン化した宗教を考えているとわからない。ヨーロッパのむしろ土俗的なキリスト教を日本人がもう少し見ると、かえってヨーロッパ理解は簡単なんじゃないかと思うんですが。

ロベール　それは確かにそうです。幾つかおもしろい問題がありますが、一つは、日本に来ていらいらさせられたのは、キリスト教と仏教の比較研究されたのを読みますと、キリスト教というと必ず聖書なんです。聖書にはこうだけれども仏教ではというふうに、たった一冊の聖書と仏教一般を比べているわけなんです。キリスト教というのは聖書だけじゃなくて、伝統も大きいですね。

松原　非常に大きい。

ロベール　異端はキリスト教の一種なんですね。たとえばNag-Hammadi《ナギハマディ》で発掘されたのはグノーシスの図書館とされていたんですが、新しい研究によると、グノーシスだけじゃなくて、その中にキリスト、教徒がいました。ですから、初期キリスト教はいまよりも非常に幅広かった。おっしゃるとおり、ヨーロッパは一部分しかとられていないんです。

松原　狭くしたということもある。

ロベール　深くしたということもあると思いますけど。

キリスト教は不寛容になる歴史？

松原　ただ、不寛容《アントレランス》になった。不寛容がキリスト教の歴史には非常にあるわけですね。

ロベール　ギリシャとかローマには不寛容がなかった。ユダヤ教には一種の不寛容があったかもしれません。そこは難しいですね。どうして不寛容になったか、幾つかの返事ができると思います。ですから、仏教とキリスト教を比較するときには、カトリックだけじゃなくて、一般的なキリスト教を見なければならないと思います。

松原　ギニュベールなんかは、ヨーロッパのキリスト教は不寛容になる歴史であるというぐあいに考えているけれども、キリスト教の中にはいろんな人がいて、人間の考え方の多様性ということに意識があって、いまも多くの学者がそういう問題を取り上げている。だから、キリスト教っていうのは、教義としても民俗に入ったものでも非常に生き生きとしたものでしょう。

それに比べると、日本では宗教は全く違う形態なんじゃないか。日本人は宗教的なものは持っているんだけど、教義化されたり何かしたものは、ヨーロッパほどじゃないような気がする。最近、加藤周一さんと渡辺守章氏が対談して、日本は「水割り文化」だと言っているんですね。ヨーロッパの人が日本をやると、これは宗教である、これは俗であるというふうに分けるけれども、日本は「水割り」で、全く形が違うんじゃないか……

ロベール　ヨーロッパの宗教は、真理へのあこがれが強いんです。真理でしたら絶対的なものだ。ですから、ごく単純な反応ですけれども、それに逆らう者は破滅するしかないと思うようになったんですね。というのは、ルネッサンス時代まで、幾ら異端教であっても寛容を強調した人があまりいなかったのですね。寛容というのは新しいものです。日本は、神仏混淆というようなものもあって、一種の妥協、おっしゃるように、「水割り」ということを最初から考えたんですね。

松原 もう一つは、日本は世俗化が非常に早かったということはあると思いますね。

ロベール チベットでも同じような現象があります。チベットのお坊さんにも、結婚しても、肉を食べてもいいというやり方が、宗教改革まであった。全く世俗化してしまったんです。東洋一般にそういう傾向があったんじゃないかと思います。

松原 イスラムでもそうじゃないですか。

ロベール イスラムはもっと不寛容について、キリスト教に近い雰囲気があると思います。ですから、世間上の寛容があったんです。キリスト教徒、ユダヤ教徒、ある意味では保護したのですね。教理的というか宗教的な寛容はなかったのです。そこは異教者と正教者の違いがはっきりと行われていたんです。

松原 モザラブというような、自分の社会の中に異教徒を置いてもいいということは、イスラムの方が……

ロベール キリスト教よりははるかにあったんです。それは仕方がないんじゃないですか。

というのは、中近東は当時の知識的エリートはキリスト教とかユダヤ教とかゾロアスター教とかでした。アラビア文明にペルシャ人の役割が非常に大きいんですね。回教初期のえらい作者たちはペルシャ人だったり、それから、最初にギリシャ哲学の本を翻訳したのはシリア人のキリスト教徒でした。それをうまく使っちゃったんですね。

松原　回教は文化が高かったということもあるのでしょうね。中世なんかでも南フランスなんかは、あらゆる種類の人が住んで商業都市をつくって、わりにうまくやっているのに、宗教改革ができるころからうまくなくなるんですね。大変おもしろい。

ロベール　宗教改革以後、両側から非常に不寛容になっちゃったんです。

松原　アベラールでも、異端といわれても、Petrus《ペテルス》のところにいて研究を続けることができたんですからね。仏教の寛容ということをどう思われますか。

ロベール　キリスト教と比べられないほど寛容ですね。

松原　なぜなんでしょうか。仏教は、一つの真理をいろんな解釈できるというふうに考えていますね。

ロベール　幾つかの理由があります。キリスト教は聖書に基づいていて、いつも聖書に戻らなければならないということがありますけれども、仏教では、聖書というのは大蔵経という膨大なものですからね。完全に矛盾しているものがありますから、教判でそれを調べて、一種の妥協をしたんですね。

松原　お経そのものも、結集であとからつくったわけですから、そのこともわかっているということもあります。それからもう一つ、日本人が仏教を考えるときはどうしても日本の仏教を考えているけれども、それは実は中国から渡ってきている。ところが、中国の仏教はかなり変わってしまいました。そういう多様性っていうのは……

ロベール　仏教といってもとても広いんですけど、その中に、日蓮宗のような、真理を把握してしまったと思い込んで、ほかのものを攻撃するというのも出たんですね。ですから一般的には、教判とか、程度別の……人をみて法を説くということがあります。それから、仏教の宇宙性がありますね。いまの世界は三千世界の一部分でしかないのですね。だから仏陀は何百万人あって、同時に何百種類の法を説いているという教義もあります。キリスト教では世界は一つしかないのです。アダムの子孫の世界はこの地球しかないんですね。だけど、仏教の学僧の考え方にはこの世界はごく小さいもので、いまの宇宙には何百万の世界がほかにも存在しているという考え方もありますから、それで寛容にならざるを得ないんですね。

なぜ仏教か

松原 でも、ロベールさんが仏教に接したとき、初めはそういうイメージはなかった。

ロベール 全然なかったです。わたしは昔から、珍しい言葉に興味があったのと、同時にカトリックの教育を受けて宗教に非常に興味があったんです。宗教と言葉への興味を合わせると、珍しい言葉で書いている宗教というと仏教になっちゃったんですね。最初は仏教というものはどんなものか全然知らなかった。だんだん進むと同時に、キリスト教とどのくらい違うかわかってきて……

たとえば、仏陀の一音《いっとん》――仏陀の説教は五十五冊になっている大蔵経の中にありますけど、実際のところ、仏陀は一つの音しか出さない。それを、自分の知識、理解力によって一音を理解して、そういうもろもろのお経になるということなんですね。ですから、もちろん真理はどこかにあるんですけど、自分の届けるところは真理のごく一部分にすぎない……

松原 しかし、われわれ有限の存在は絶対者の一部しかわからないという考え方、神秘的な人が、瞑想で真理のある部分に触れるということは、ヨーロッパにもあると思いますね。

ロベール そうです。『キリストのまねび』の中にも、よく似たものが一つ出ています。本には一つの声しかないけれども、みんなそれぞれの力で解釈するという……それぞれの力に応じて説教するということは、グノーシス派にもあったらしいんです。

松原　リュバックのExégès《エグゼジェーズ》論もそうだと思いますけれども、一つのテキストにいろんな層がある。層によって四つの意味がある。そういうことからいえば、いまはやっている解釈学でもそういう考えが非常にあって、そういう意味では、東洋の基本的な考え方とヨーロッパの中には、どこか共通のところもあるような気もします。

ロベール　確かにあると思います。ですから、わたし、いまグノーシス派に非常に興味を持ち出したんです。グノーシスとは、ご存じのとおり知恵という意味ですが、知恵と般若《はんにゃ》——知恵で救われるということは、自分の現状をわかったら、それはもう救済の道になる。そういうことはその両派にあると思いますね。カトリック教は、こちらでいうと、むしろ他力本願ですね。ですから奇蹟に近いですけど……純粋仏教とは言いたくないんですが、現代仏教には、他力よりも、自分で自分のありさまをわかって自分で救われるということ、グノーシス派にもあるんじゃないですか。

松原　「ヨハネ伝」もそうですね。

ロベール　そうです。イエズス自身も、最初の立場は、救い主よりもむしろ教師だということ。仏陀とイエズスは全く同じようなことを言っている。自分は医者だと言っているんですね。健康な人を治しに来たのではなく、病人を治しにきたとイエズスは言っているんですけれども、仏陀も、矢に刺された人を治すときに、その矢はどこから来たか、どんな人が射たか言わずに治すということ、そういう啓示によっての救済よりも、自分の知識によっての救済ということは、仏教とグノーシス派とよく似ているんです。

松原　あなたの同級生でも、ジラールさんが鎌倉仏教をやっているし、道教をやっている若い人もいるし、そういう意味で、東洋の考え方、宇宙観とか哲学とかいうものに興味を持っている人がいるんですけど、それは、たとえば最近のヨーロッパの思想の動きと関係があると思いますか。

ロベール　日本にそんなに知られていないんですけれども、Julius Evola《ジュリアス・エボラ》という去年かおとし死んだイタリア人の思想家が非常に仏教とのかかわりの深い人でした。いまフランスで思想家として浮かび上がってきたんです。彼は仏教の影響がとても強いんです。彼は正統哲学者じゃないんですけれども、非常に読まれているわけです。それから、アメリカですけれども、多少フランスでも読まれるようになったThomas Merton《トマス・マートン》は……

松原　マートンは日本の禅のこともずいぶん書いていますね。小説の中に使って。

ロベール　そういう哲学とちょっと違う程度に行われていると思います。しかし、まだ哲学者の考え方には、仏教の影響はそんなに……

松原　ただ、あなたの仲間の仏教や道教をやっている人は、単なる知識としての学問じゃなくて、自分の世界観とか生き方というものと非常に関係があると思うんですね。

ロベール　確かにそうです。日本でも有名なMassignon《マシニオン》。彼はカトリック教徒なんですが、カトリックの信仰を失うところで回教をやりだしたんです。回教の勉強で自分の信仰がわかったんです。

松原　それは特徴的だと思いますね。フランスで勉強していたとき、Ecole des Hautes《エコール・デ・ゾート・》Etudes《ゼチュード》に聖者伝学《アジオグラフィ》をやっていたDubois先生がいて、その先生はベネディクタンで、どうぞ会いにいらっしゃいというんで、16区のベネディクト派の修道院へ何遍か行きましたけれども、そこで図書室へ案内してくれた。地下から6階ぐらいまでの大きな図書室で、最近のいろんな本まで入っていて、部屋の角が三角になっていて、そこに小さな板があって、そこの前でベネディクト派のお坊さんが黙って勉強しているんですね。そうすると、われわれが考えているイメージとして、中世の僧院に行ったような気がします。実は宗教団とか思想が生きるためにはそういうものがなければならないわけで、新しいものが出ればそれを必ず勉強して、それを取り込む、あるいは批判するということをやっていますね。そういう意味でのカトリックの伝統の強さというものが非常に印象的でした。

ロベール　たとえばGershom《ゲルショム》・Scholem《ショレム》というカバラ学の一人ですが、彼は、現代では昔のように信者になれないと思って、それで宗教学を一種の宗教的修行としてやっているんです。それはもちろん学問じゃないということじゃなくて、カバラの原典、伝統的な説を完全に破壊して、非常に厳しい文献学的な批判をもたらしたんですが、彼は幾つかの随筆を書いて説明しているんですけど、そうするのは、彼にはやはり宗教的修行なんです。いまの宗教がぬるくなってしまった時代で、そういうのは唯一の宗教的生活じゃないかと思うようになったんです。

松原　日本では、宗教ってものはそういうものだという考え方もあるんですね。日常生活そのものが宗教でなきゃいけないという……

ロベール　いまの日本の仏教では、むしろお坊さんというのは仏教を研究することなんですね。それはまたちょっと違うと思います。もっと冷静だという感じがしています。

（『ふらんす』白水社、一九八〇年七月号対談「宗教の西と東」を転載）

あとがき

鷲見　洋一

故松原秀一教授はなにをおいても「談話」と「社中」を大事にされる人であった。今回、教授の多彩な業績を整理しながら、その思いをますます強くした。

教授にそのキャリアのほとんどを慶應義塾大学三田キャンパスで過ごされた学者であるが、研究棟一階にある談話室を、本当に談話と交際のために利用した教員は、私の知る限り、親友だった鈴木孝夫名誉教授を唯一の例外として、松原教授以外ほとんどいないと断言して構わないだろう。現在もなお、この談話室は健在であるが、教員たちはもっぱら学生の面接や指導、同僚や編集者との打ち合わせなどが目的でそこを利用している。福澤諭吉が唱道した「社中の交際」の実践、分かりやすく言えば「用もないのに談話室にいて、誰彼おかまいなしに座談を愉しむ」といった風雅な御仁はまず見あたらない。それもそのはず、日頃の松原教授には生来の思いこみというか、あるいは信念のようなものがあって、「自分の知っている人間は周囲の友人知人にとっても当然友人知人でなければならない、あるいはそのはずである」という大前提があるので、話をしていてなんの前置きもなく「どこそこの某君、某さん」といった名前が頻出する。それも一人や二人ではない。筆者なども、初めのうちはいちいち確認したり聞き返したりしていたが、そのたびに「信じられない」といった怪訝な表情をされるので、しまいには分かっている振りをして付き合うようになったものである。後から確認してみると、教授の知り合いの多くがそういう経験をお持ちなので、あながち筆者だけの問題ではないのだ、と妙なところで安心した記憶がある。

松原教授の場合、この「千客萬來の人」とでも呼べる一流の立ち居振る舞いは、そっくりそのまま教授の仕事にも反映されている。「日常」と「学問」という、普通はどこかで切断されがちな両者が、松原教授の場合は目に見えないパイプで繋がっているとしか思えないのである。

そもそも、ヨーロッパ文学における「会話」、「談話」、「口承」の根深い伝統について、まとまった仕事を残しているのがアカデミー・フランセーズにいるマルク・フュマロリである。フュマロリによると、ソクラテスやプラトンなどの古代哲学者の対話や会話の伝統が、「心地よい場所」(locus amoenus) という「座」をえて活き活きと展開し、「私生活と閑暇の会話は、近代ヨーロッパにおいて、公的で公民的な雄弁にたいし、決定的に優位に立った」とすら強調されるのである。会話文学の伝統は、古代から十五、十六世紀のイタリア・ルネサンスで開花するが、やがてフランスにまで波及する。修辞学による文学教育では、書くことと喋ることが同時に教えられるようになり、イタリアの人文主義が復興させた弁舌教育では、弁舌家と作家とのあいだに区別を設けなくなった。その結果、「会話はフランス文学全体の修練の場であるばかりか、理想になりえたのであった」

私見では、松原教授ほど、このヨーロッパの奥深い「談話」の作法を、日常の行住坐臥はいうにおよばず、その学問の営為にまで貫き通した学者も珍しい。今回は詳しく触れることが出来ないが、教授が知る人ぞ知るピアノの達人だったという話も、その事情と無関係ではあるまい。その結果、現在の私たち大方の研究者が作り上げている著書や論文に関する価値の序列は、松原教授の業績にはほとんど通用しないという面白い事態が現出するのである。昨今の日本や欧米における学会や大学で流通する人文系の「業績」概念は、かなり最近になって確立された便宜的な制度であるに過ぎず、もっぱら「著書」と「論文」を柱とする。ところが、松原教授の業績を調べていくと、その「業績」システムはかなり曖昧になり、挙げ句の果てには頭を抱えてしまうことがしばしばなのである。紙幅の都合や準備時間の不足もあって、教授の全業績を網羅したリスト作成は今回望むべくもないが、どこまでもヨーロッパの知的伝統に棹さした「千客萬來人」の学問がはたしてどういうものであったか、めぼしい仕事を抜粋する形で以下に紹介していきたいと思う。

一　連載から単著へ

本来の業績一覧であれば、まずもって「単著」から始めるのが当然の作法であろう。困ったことに、松原秀一教授の場合、まず長期にわたる雑誌連載があって、後にそれを一本にまとめるという形が自然だったように思われるふしがある。連載稿の各掌編はお互いに共通な、ある明確なテーマで結ばれているというよりは、一見バラバラであることの方が多い。さながら大学キャンパスの教員談話室で、教授が毎日違った相手と話を交わし、昨日の雑談と今日の会話と明日のアポとでは、相手も話の中身も違うという事情とそっくりなのである。文字通り、連載稿とは、教授にとっての「社中」の実践なのだ。ライフワークというべき『フランスことば事典』がまさにそれである。「事典」である以上、各項目が独立していて、お互いに一貫性に乏しいのは当然なのだが、読者によってはこれを「松原さんの博覧強記」と褒める者もいれば、「ここと思えばまたあちら」と苦笑する友人もいるといった具合である。

一九九六年に講談社学術文庫から『フランスことば事典』として刊行された分厚い文庫本

一冊は、実は一九六〇年代から七〇年代にかけて月刊雑誌『ふらんす』(白水社)に連載された記事をまとめたもので、途中、連載稿は白水社から単行本として二回にわたって出版されてもいる。

『ことばの背景、単語から見たフランス文化史』白水社　一九七四年
『危ない話、続言葉の背景』白水社　一九七九年

当然、講談社学術文庫の決定稿は、連載稿に手を入れ、また順序も五十音順に並べて、いわゆる「事典」の体裁に整え直されているが、初出の雑誌掲載について調べると、たとえば一九七六年四月号から始まった「続ことばの背景」では、「蝶と蛾」、「酢」、「釘」、「運河」、「鉄道」といった具合で、配列はまったく恣意的であり、ある主題を追って小論文が連続するというよりも、松原教授の普段の一見とりとめがなく、アットランダムな座談や話題の展開が、そのまま活字になっているという印象を受ける。

『異教としてのキリスト教』平凡社、一九九〇年(二〇〇一年、平凡社ライブラリーに入る)

もまた、最初は雑誌『月間百科』に連載されたものである。一九七四年九月号の「『奉教人の死』の源流」、同十二月号「ユダの系譜」、一九七五年三月号「イエスの肖像」、同十一月号「聖ヘレナと十字架」、一九七六年九月号「東方の苦行僧と聖者伝」、同十一月号「西洋人名の背景」の、計六回である。

連載稿はほかにもある。一九八〇年から一年間、雑誌『言語』(大修館)に毎月掲載された「ことばに魅せられた人々」、一九九一年の四月から十月まで雑誌『ふらんす』に連載された「地中海世界の町々」である。これらの文章は結局連載稿のままで、その後いずれかの書物に収録されることはなかった。今回、そのうちから第一回の「ポラン・パリスとガストン・パリス」を収録した。

どう考えても、松原教授は構築性豊かながっちりした息の長い大論文を集中的に執筆するよりは、毎月の連載ごとに主題や対象を変え、その都度確実な検索と調査に裏付けられた蘊蓄を傾けるといったタイプであり、啓蒙期のフランスでいえば、夥しい市井の情報を掌編の羅列で構成した『タブロー・ド・パリ』を著したルイ＝セバスチアン・メルシエのような作家に近いといえるだろう。以下、教授のそれ以外の単著を紹介する。

『中世の説話―東と西の出会い』東京書籍　一九七九年（一九九二年、『中世ヨーロッパの説話―東と西の出会い』―中西進解説―として中公文庫に入る）
『西洋の落語―ファブリオーの世界』東京書籍　一九八八年
『銀杏のこかげを過ぎて』一九九三年（私家版の随筆集。慶應義塾大学退職時の記念パーティで配布）

この私家版エッセー集からは、ガブリエル・フォーレ協会で講演された原稿「ヴィアルド夫人のサロン」を本書に選んである（本書収録にあたって「G・フォーレとヴィアルド夫人のサロン」と改題）。フォーレを論じたというよりは、フランスの伝統的なサロン文化を生き生きと語っている点で、松原教授の「社中思想」の原点を覗き見ることもできるだろう。

二　「談話」の文学

本来であれば、業績表の末端に追われるか、割愛されてしまうような仕事にこそ、松原教授の「談話」文学の真骨頂があった。「座談会」、「対談」の類がそれである。『三田評論』（慶應義塾大学）誌上を飾るたびたびの座談会が特筆されるし、『ふらんす』（白水社）に一九八〇年から八一年にかけて掲載されたフランス人日本学者との対談（これもある意味では「連載稿」である）も、今からすれば貴重な歴史的証言と言える。後者から、本書には以下の二つを収録してある。

「民間信仰に見る日本とフランス」（本書収録にあたって「フランスから見る日本文化」に改題）―B・フランク氏との対談―『ふらんす』（白水社）

「宗教の西と東」―J・N・ロベール氏との対談―『ふらんす』（白水社）

ヨーロッパに根ざす「文芸共和国」の伝統を信じる「社中の人」にとって、「書評」は欠かせない義務である。E・R・クルツィウス『ヨーロッパ文学とラテン中世』の画期的翻訳刊行に際して、松原教授が一ノ瀬恒夫教授と共著で執筆した書評（『教養論叢』慶應義塾大学、第三五号、一九七二年七月、六〇〜六八ページ）は、異例の長さと懇切な内容によって、松原教授がヨーロッパの偉大な「ロマニスト」の流れをいかに深く評価しているかが伺われる力作である。フランス中世文学研究の大先達である佐藤輝夫教授が刊行した大作『ローランの歌と平家物語』についての書評（『比較文学誌』早稲田大学、第一一号、一九七五年三月、九四～九六ページ）や、『トリスタン伝説』をほぼ同時に二箇所で取り上げて報じている（『読売新聞』、一九八一年四月二〇日号、『図書新聞』第一五一号、一九八一年四月二十五日）熱意を見ても、先輩思いでも有名だった松原教授の愛他精神の一端が伺われる。また、「年譜」の一九六〇年代のところに「新村猛、三宅徳嘉、河村正夫、神沢栄三などと月例の読書会を作り、中世フランス語の文献を次々と読む。この読書会には、亡くなる直前まで五十年以上にわたり出席し、読書会は後輩たちによって現在も続いている」とあるが、この活動は現在の日本におけるフランス中世文学研究の根幹ともいえるもので、多くの有為な若手がそこから巣立っていることは周知の事実である。松原教授の同学の後輩に対する配慮も並大抵のものではなかった。鈴木覚・福本直之・原野昇共訳『狐物語』の書評（『文学』岩波書店、七、一九九六年四月、一五二～一五六ページ）や、原野昇訳、ジャック・リバール著『中世の象徴と文学』についての書評「中世人の感性に触れる手引き」（『流域』五〇号、青山社、二〇〇一年、五〇～五四ページ）、さらには原野昇著『フランス中世の文学』について寄せた「中世文学を知るための好著」と題する小文（『ふらんす』白水社、第八〇号、二〇〇五年一〇月、七七ページ）などが好例であろう。また、松原教授と後輩の面々（篠田勝英、瀬戸直彦、細川哲士、原野昇）との和気藹々たる交歓ぶりを知るには、「座談会　フランス中世文学と日本」(『流域』五七号、青山社、二〇〇六年、五六〜六三ページ)が格好の手引きになるだろう。

アンシアン・レジーム期のフランスで重きをなした、物故者に捧げる「棺前説教」や「賞賛文」は、今日では捨てて顧みられないが、松原教授の「追悼文」で忘れられないのが、仏語学者中平解教授の没後一年を期して『流域』(青山社)が追悼特集を組んだ時の長大な「中平解さんを偲ぶ」(第五二号、二〇〇三年、五一〜五五ページ)である。

その他、諸種の雑誌や新聞に折に触れて発表していた短文や記事については、枚挙に暇がないのでここでは省略する。比較的、掲載頻度が大きいと思われる雑誌を挙げると、『流域』(青山社)、『基礎フランス語』(三修社)、『言語生活』(筑摩書房)、『學燈』(丸善)、『Nouvelles』(日仏会館・日仏協会通信)などであるが、たとえ小規模な文章でもほとんど学術論文と変わらないような濃密な内容のものが多く、ここでも業績分類を試みる者を絶望させる事態が待っている。

「談話の文学」の成果として無視できないのが、教授の日頃の広汎な交友関係から、共同著作のようなものが生まれてしまうケースがある。この場合も、扱いはきわめて微妙で、ある書籍の始めから終わりまで、松原教授がほとんど単独で仕切られているにも関わらず、いざ本が刊行されてみると、書誌記述の中にはほとんど痕跡を残さないか、せいぜいが「序文」だけといったケースがある。代表的なものに、教授が晩年関心を持っておられたファーブルに関わる書物がある。これも本書に掲載されている。

ジャン＝H・ファーブル、ポール＝H・ファーブル『ファーブルの写真集　昆虫』新樹社二〇〇八年（前文著者）

三　共著

上記の延長線上にいわゆる「共著」がくる。これも「社中」の仲間との共同実践と思えばいい。長年、外務省に勤務され、フランス語学者としても鳴らした父上の松原秀治氏との共著は、筆者のような六〇年代にフランス語を学習した世代には懐かしい名著である。

『仏作文の考え方』（第一部松原秀治、第二部松原秀一執筆）第三書房　一九六七年（一九九五年、白水社より『フランス語らしく書く―仏作文の考え方』として復刊）

『「ことば」と人間』（鈴木孝夫と共著、カセットテープ三巻と解説、NHK市民大学）日本

放送出版協会　一九七四年
『現行外国語辞書の改善のための語彙論的基礎研究』全二巻（文部省科学研究費による特定研究報告書、鈴木孝夫ほかと共著）慶應義塾大学言語文化研究所　一九七八年～一九七九年
「戦後フランスの語彙研究（辞書を中心として）」I、四三～五〇ページ、「危険を告げるフランス語」II、四三～五〇ページを執筆。
『死の発見―ヨーロッパの古層を訪ねて』岩波書店　一九九七年（養老孟司、荻野アンナと共著）

四　監修・編著

この種のコーディネーターとしての仕事で松原教授がもっとも力を入れたのが、慶應国際シンポジウム「地球社会への展望」の実行委員としての仕事であった。シンポジウムそれ自体は一九七九年十二月十四日から十六日にかけて三日間開催され、井筒俊彦、ダニエル・ベルを始めとする内外の世界的な学者を招聘して連日活発な議論が交わされた。その全記録が日本生産性本部から翌年刊行されている。

『地球社会への展望』慶應国際シンポジウム実行委員会編　日本生産性本部　一九八〇年

本書は二部構成になっていて、第一部「論文」、第二部「国際シンポジウム―報告と討論―」に分かれるが、松原教授は後半の最後を飾る「五　地球社会の思想」でコーディネーターをつとめ、井筒俊彦、沢田允茂両教授の報告とそれに続く長大かつ濃密な討論を見事に捌いている。また、前半第一部「論文」では、寄稿者の論文末尾に翻訳者の名前が挙げられているが、井筒俊彦教授が寄せている「実存の現代的危機と東洋哲学」だけ翻訳者名がない。実は松原教授が訳したという話を私は本人自身から聞いている。

ジョルジュ・イフラー『数の歴史―人類は数をどのようにかぞえてきたか』平凡社「科学史研究」一九八八年（彌永昌吉と共同監修、彌永みち代、丸山正義、後平隆訳）

Animaux (Les) dans la littérature. Actes du colloque de Tokyo de la Société Internationale Renardienne du 22 au 24 juillet 1996 à l'Université Keio, éd. Hideichi Matsubara, Satoru Suzuki, Naoyuki Fukumoto et Noburu Harano. Keio University Press,

1997
Consciousness and Reality, Studies in Memory of Toshihiko Izutsu. Edited by Sayyid Jalāl al-Dīn Āshtiyānī, Hideichi Matsubara, Takashi Iwami, Akiro Matsumoto. Iwanami Shoten, Publishers, 1998

ジャン＝アンリ・ファーブル『博物記』全六巻　岩波書店　二〇〇四年（大岡信、日高敏隆と共編）

グレン・マーフィー『発明』昭文社「Insidersビジュアル博物館」二〇〇八年（監修、早坂依子訳）

『井筒俊彦とイスラーム　回想と書評』慶應義塾大学出版会　二〇一二年（坂本勉と共編）

『フランス中世文学名作選』白水社　二〇一三年（天沢退二郎・原野昇と共編、篠田勝英ほか訳）

五　論文

さすがにこのカテゴリーの業績は膨大であり、ここではほんの一部の代表的なものだけを紹介する。まず、専門の中世文学研究以外で、松原教授がもっとも力を入れていた分野が、福澤諭吉研究であった。「千客萬來人」として、その思想のルーツである慶應義塾創立者に関心を持つのは当然であるが、仏文学者である松原教授が生涯打ち込んだテーマはレオン・ド・ロニと福澤の関係である。文久二年四月十七日（木）、折から日本政府の遣欧使節団の一員としてパリに滞在していた二十七歳の福澤は、ある若いフランス人の訪問を受ける。のちに『西航記』でその日のことをこう記している。「仏蘭西の人『ロニ』なる者あり。支那語を學び又よく日本語を言ふ」。翌年、パリの東洋語学校に開設された日本語講座の講師に抜擢されたのがこのロニであったことを思うと、この会見はきわめて重要な文化的、歴史的意義を帯びてくる。松原教授の狙いもまさにそのあたりにあった。慶應義塾大学福澤研究センターが刊行している三種類の雑誌に、松原教授はおびただしい論文を発表しているのである。代表作は本書にも収録してある『近代日本研究』第三号（一九八六年）に掲載された浩瀚な「レオン・ド・ロニ略伝」一〜五六ページ（本書収録にあたって「日本学の創始者レオン・ド・ロニ」に改題）であるが、ほかにも『福澤手帖』（「フランス東洋学とレオン・ド・ロニ」、第二号、一九七四年、「福澤諭吉とヨーロッパ旅行」第二一号、一九七九年）や、『福澤年鑑』（一九八〇年代に多い）を中心に、精力的な発信を続けている。

以下に、本来の中世研究で、松原教授の代表的な論文を挙げておく。

「フランス中世文学の写本と校訂法」『藝文研究』一六号　慶應義塾大学藝文学会一九六三年、一〇七〜一二一ページ

「一角獣の西漸と東還」『慶應義塾大学言語文化研究所紀要』第四号　一九七二年、八五〜一〇四ページ

「古仏語作品『小鳥の歌』の写本系統」『慶應義塾大学言語文化研究所紀要』第六号一九七四年、一七三〜一八七ページ

« Un conte japonais parallèle au Lai de l'oiselet », Jean Misrahi Memorial volume, *Studies in Medieval Literature, South California*, U.S.A., 1977, pp. 197-209.

« Une version japonaise de GAZA », *Mélanges de langue et littérature françaises du Moyen Age offerts à Pierre Jonin*, C.U.E.R.M.A., Marseille, 1979, pp. 427-435.

原野昇編『フランス中世文学を学ぶ人のために』、世界思想社 二〇〇七年（「聖人伝」「フランス中世文学への手引き」を担当執筆）

« La canne qui murmure, conte médiéval japonais, et l'ermite de La Fontaine », *Travaux *et conférences de l'Institut des hautes études japonaises du Collège de France*, Collège de France, Institut des hautes études japonaises, 2008, 25 p.

六 「漫画」の翻訳

松原秀一教授の翻訳についても、これまで確認された「社中」の思想が読み取れる。その多くが「共訳」なのである。まず第一に特筆されるべき快挙に、『アステリックスの冒険』三冊と『ラッキィ・ルーク』三冊の共訳刊行を挙げなければならない。計六冊は一九七四年に一挙に発売されたが、いろいろな意味で反響を呼んだ。まず、日本のような独自のコミック文化を擁する国で、あえて外国の人気漫画が紹介されたという出版上の冒険。次に翻訳陣の破天荒なまでの豪華さである。監修・渡辺一夫、共訳・新倉俊一・西本晃二・松原秀一というメンバーは、一九七〇年代の日本仏文学会を代表するといっても過言ではない錚々たる顔触れであった。

『アステリックス』は一九五九年、ルネ・ゴシニイが執筆し、アルベール・ユデルゾが画を描いたフランス＝ベルギーのコミック・シリーズで、作者のゴシニイが一九七七年に亡くなってからも、ユデルゾが単独で引き継ぎ、二〇一三年からはジャン＝イヴ・フェリとディディエ・コンラードが手がけている。古代ローマの支配下にあったガリアで、紀元前五〇年頃の小村を舞台に、征服者と戦うケルト人を活写した歴史漫画である。世界中で愛読され、おそらく四億部近い部数が刊行されている。全編、ラテン語などをまぶした駄洒落や地口が乱発されるなど、外国人翻訳者泣かせの難物だが、松原教授から直接聞いた話では、双葉社でたびたびの作業集会が開催され、現場は古典ラテン語や中世フランス語が飛び交う、さながら学術研究会の趣があり、到底漫画翻訳のための打合会などという生易しいものではなかったらしい。さもありなんである。

ルネ・ゴシニイ作、アルベール・ユデルゾ画『アステリックスの冒険』双葉社　一九七四年

＊『アステリックスの冒険』

＊『アステリックスの冒険②黄金の鎌』

＊『アステリックスの冒険③アステリックスとゴート族』

一方、ラッキイ・ルークはモリスという人物が一九四七年に刊行を開始したフランス＝ベルギーの連作コミックで、フランス風の味付けをしたウェスタン漫画である。二〇〇一年の

モリスの死後は、アクデが画を担当している。大勢のシナリオ作家がモリスに協力したが、その中に『アステリックス』の作者であるゴシニイもいたらしい。西部きっての早撃ちガンマンであるルークと愛馬や愛犬をめぐる西部劇のパロディ作品である。これまたヨーロッパでもっともよく読まれるコミックの一つに数えられている。

モリス『ラッキィ・ルーク』双葉社　一九七四年

＊『ラッキィ・ルーク①判事ロイ・ビーン』

＊『ラッキィ・ルーク②大陸横断鉄道』

＊『ラッキィ・ルーク③駅馬車』

その後日本の「Manga」がフランスで異常な人気を呼び、フナックのような大型書店の漫画売場に「Manga」（日本の漫画）と「Bandes dessinées」（普通の漫画）という別々のコーナーが設けられたり、パリ大学日本語科に志望者が殺到するといったフィーバーを巻き起こしたりもするが、松原教授たちが刊行したこの歴史的とも言える出版は、わが国における出版史上の一大事件として長らく記憶されるべき壮挙であった。

七　それ以外の翻訳

漫画以外でも、特筆されていいのは、やはり「共訳」が多いことである。

ピエール・グリマル『ラテン文学史』白水社「クセジュ文庫」一九六六年（藤井昇と共訳）

アーバン・ホームズ、アレキサンダー・シュッツ『フランス語の歴史』大修館書店一九七四年

マリ・ド・フランス『ランヴァル』（『西欧文化への招待　4—中世文学選』所載、厨川文夫責任編集、グロリア・インターナショナル、一九七一年）

フェリクス・ルコワ「マグニフィカート物語を巡って——説話の東西交流」『文学』二月号、岩波書店、一九八三年、九六～一一四ページ

シュザンヌ・エスマン「十九世紀中葉の和書コレクション、ロニ文庫」、『福澤諭吉年鑑15』一九八八年、一六二～一八四ページ

ベルナール・フランク『風流と鬼—平安の光と闇』平凡社「フランス・ジャポノロジー叢書」一九九八年（仏蘭久淳子、萩原伊玖子、松崎碩子、石井晴一、前川嘉昭と共訳）

ジャン＝アンリ・ファーブル『ファーブル博物記 六 発明家の仕事』岩波書店 二〇〇四年

八　語学教科書・辞書

仏語学者、あるいは語学教師としての松原教授は、初級や中級レヴェルの学生を対象とした教科書を執筆編纂し、若干の辞書編集にも協力した。かくいう私も一九六〇年代に第一期生として松原スクールに学んだ一人であるが、学部の二年で使用したフランス語口級文法の教科書は、当時の日本における仏語学の研究成果を結集したかのような充実した内容で、今では大学院の学生でも手が届かないような高度な文法知識を詰め込んであり、「自由間接話法」などという、現在ではほとんど教えないような文法も、そこで教えられたものである。また、同時に教授は東京の大学や日仏学院に勤務するフランス人教師と共著の形で、当時としてはかなり斬新な「発信型」の初級教科書を刊行している。以下の『すなおなフランス語』に関する記述は分かったものだけに限定しているので、さらに増える可能性もある。また、採用した教師に配布される「非売品」と銘打った「教授用備考」という詳しい小冊子も評判になった。

『すなおなフランス語 Regardez écoutez et parlez』第三書房　一九六一年〜六九年（ルネ・ラガッシュ、ルイ・ヴァリニーと共著）

＊『すなおなフランス語』初版一九六一年

＊『続すなおなフランス語』初版一九六三年　三版一九六六年

＊『すなおなフランス語改訂版』改訂初版一九六四年　改訂五版一九六六年

＊『すなおなフランス語　3』初版一九六六年

＊『すなおなフランス語』改訂三版一九六八年

＊『改訂続すなおなフランス語』一九六九年

『すなおなフランス語』シリーズは当時の語学教育界のベストセラーで、たびたび版を重ね、かつまた水野良太郎の協力を得て『すなおなフランス語別冊絵本』（第三書房　一九六三年）まで出しているが、今となっては版数などの詳細は不明である。

トリスタン・ドレーム『パタシュ PATACHOU petit garçon EXTRAITS』、第三書房　一九六四年初版　六六年再版（編注）

『フランス語の文法：理解と応用』（改訂版）第三書房　一九六八年
マリオ・ロック『フランス語はどんなことばか』第三書房（評論シリーズ）一九七三年初版　一九九四年再版（編注）
ガストン・パリス『天使と隠者　L'ange et l'ermite』芸林書房　一九七七年（編注）
『役に立つフランス語入門　A la découverte du français』（R・ラガッシュと共著）駿河台出版社　一九七八年
ジョルジュ・シムノン『メグレとその世界』第三書房　一九八三年（ルネ・ラガッシュ、レイ・ヴァリニーと共編）
『アポロ仏和辞典』角川書店、一九九一年（小林路易、入江和也、原　幸雄、滝田文彦、内藤昭一と共著）

本書の編集・刊行は、松原秀一教授のかつての教え子や同僚、同学の仲間にとって、どこまでも親しみやすい、教授の在りし日の姿を彷彿とさせるような遺稿集をという構想で準備を進めた。従って、明らかな誤りや思い違いと思われるような箇所を除くと、原則として編集者が原文には介入していない。松原教授には、「ほとんど点を打たない」という書き癖があり、場合によると三行ぐらい切れ目のない文が連なることも珍しくない。今回はそれをなるべく活かして、懐かしい「松原節」をそのままの形で復活させてある。

この「あとがき」は、二〇一四年、雑誌『流域』（青山社、第七五号）の松原秀一追悼特集（Hommage à Hideichi Matsubara）所収の拙文「千客萬來の人の業績」に手を加えたものであり、また「松原秀一年譜」は同誌の「松原秀一略年譜」をそのまま収録したものであることをお断りする。

また、本書に掲載されている写真については、ご遺族や知人から提供を受けた。撮影者や所有者をいちいち明記していないが、ご好意には厚く御礼申しあげる。本書の刊行に際しては、慶應義塾大学文学部創設一二五周年記念事業基金、名誉教授高宮利行氏の主宰する「慶應愛書家クラブ」、慶應義塾大学出版会前社長の坂上弘氏、慶應義塾大学文学部教授松田隆美氏、匿名を希望される友人お一人、以上の個人、組織から多大の財政援助を頂いた。ここに記して感謝を申しあげる次第である。

（文責　鷲見洋一）

「松原秀一教授遺作集刊行委員会」（五十音順）

泉　邦寿　　岡谷公二　　荻野安奈　　川口順二　　小池　晃

後平澪子　　鈴木孝夫　　鷲見洋一　　髙宮利行　　宮島正洋

松原秀一年譜

一九三〇年	三月七日、フランス、グルノーブル市郊外で松原秀治《ひでじ》、滋子《しげこ》の長男として誕生する。
一九三三年	両親と帰国、東京市麻布区霞町、次いで麹町区永田町に居住。
一九三六年	四月、慶応義塾幼稚舎に入学。
一九三八年	一家で祖父重榮《じゅうえい》の住む麻布区本村町の家に引っ越す。
一九四二年	四月、慶応義塾普通部に進学。
一九四六年	四月、慶応義塾大学経済学部予科に進学。ワグネル・ソサイエティーのコーラス部に入り、大学院に入るまで部室の常連であった。翌年から慶応外語のフランス語中級、ついで上級に進む。
一九四九年	四月に経済学部（旧制）に進学。
一九五二年	五月、学制が代わって新制大学となり、経済学部を卒業。大学院仏文学専攻に進む。秋から日仏学院の生徒となる。
一九五四年	三月、Remarques sur l' emploi du pluriel en français を提出して文学修士号をうける。フランス大使館文化部でアルバイト。秋に文学部副手。
一九五五年	六月、東京日仏学院フランス文明コースの卒業免状を受ける。
一九五六年	十月にフランス政府招請給費留学生として日本郵船の貨客船「会津丸」で神戸からフ

	ランスに向かう。
一九五七年	十月、一年間の試行錯誤ののちジャン・ブーティエール先生のロマンス語の四講義をうけ、『アンドレ・ジードの文体研究』の筈が中世フランス語、中世プロヴァンス語の勉強に変わる。橋本文子《あやこ》と婚約。
一九六〇年	七月五日、聖オーギュスタン教会で橋本文子と結婚式を挙げる。
一九六一年	四月帰国。帰国の翌日から授業を担当。長男寛道誕生。新宿区大曲の江戸川アパートに十七年間住む。この間、新村猛、三宅徳嘉、河村正夫、祖沢栄三などと月例の読書会を作り、中世フランス語の文献を次々と読む。この読書会には、亡くなる直前まで五十年以上にわたり出席し、読書会は後輩たちによって現在も続いている。
一九六九年	パリ東洋語学校の日本語教師として二年間勤務。
一九七一年	帰国とともに文学部教授となり、慶応義塾通信教育学部、国際センターなどの仕事にも携わるようになる。この年の春からスキーを始める。
一九七九年	一月、財団法人日仏会館の常務理事に就任。六月から一年間日本フランス語フランス文学会幹事長を勤める。
一九八四年	十二月、父・秀治八十三歳で卒。
一九八五年	三月、フランス政府からレジオン・ドヌール勲章（シュヴァリエ）授与。十月からフ

	ランスのエセック校の客員教授となることになったので、四月から半年留学制度を適用して貰い、一年間フランスで過ごす。
一九九〇年	一月、還暦を迎え、記念にスキーの検定をうけ、二級合格証を貰う。
一九九一年	四月より京都の国際日本文化研究センター共同研究員となり、河合隼雄班で昔話の共同研究に参加。
一九九二年	十月、東西説話交流の研究などについて慶応義塾賞を授与される。
一九九三年	一月七日、恩師井筒俊彦卒。一月十日、パリ高等実習院（第四部）での任命が最終決定。三月、慶応義塾を選択定年で退職し、再び渡仏。高等実習院の客員教授を一年務める。その後も活動の拠点をパリに置きながら、日仏を行き来する生活を送る。とりわけ「井筒文庫」開設に尽力。
一九九九年	五月二十八日　初の動態保存・井筒文庫開設披露パーティで挨拶。
二〇〇四年	パリにいながら、岩波書店から刊行された『ファーブル博物記』編集に携わる。
二〇〇一年	The Izutsu Library Series on Oriental Philosophy（井筒ライブラリー・東洋哲学／欧文・慶應義塾大学出版会）編集委員として第一巻を刊行（現在まで五巻が刊行）
二〇〇六年	五月、妻の文子が急逝したことから帰国。以降は恩師井筒俊彦を記念した井筒文庫の仕事、井筒俊彦全集の編集顧問などの仕事に積極的に取り組む。

二〇一一年	The Collected Works of Toshihiko Izutsu（井筒俊彦英文著作集／英文・慶應義塾大学出版会）編集顧問として第一巻を刊行。
二〇一三年	『井筒俊彦全集』（全十二巻＋別巻）編集顧問として刊行開始。
二〇一四年	六月五日（木）午後六時三十七分、入院先の北里研究所病院にて逝去。

フランス文化万華鏡

二〇一六年十一月一日　初版第一刷発行

著　者　松原秀一
装　丁　横山　恵
発　行　松原秀一教授遺作集刊行委員会
発　売　株式会社アートデイズ
〒160−0007　東京都新宿区荒木町13−5
四谷テアールビル２Ｆ
電　話（〇三）三三五三−二二九八
ＦＡＸ（〇三）三三五三−五八八七
http://www.artdays.co.jp
印刷所　中央精版印刷株式会社